我的世界
还差一个你

等待，谢谢自己够坚强

韩倚风◎著

文匯出版社

图书在版编目 (CIP) 数据

我的世界还差一个你 / 韩倚风著 . — 上海 : 文汇
出版社 , 2016.12
ISBN 978-7-5496-1920-7

Ⅰ . ①我… Ⅱ . ①韩… Ⅲ . ①随笔 - 作品集 - 中国 -
当代 Ⅳ . ① I267.1

中国版本图书馆 CIP 数据核字 (2016) 第 275645 号

我的世界还差一个你

著　　者 / 韩倚风
责任编辑 / 戴　铮
装帧设计 / 天之赋设计室

出版发行 / 文匯出版社
　　　　　　上海市威海路 755 号
　　　　　　（邮政编码：200041）
经　　销 / 全国新华书店
印　　制 / 北京毅峰迅捷印刷有限公司　　010-89581657
版　　次 / 2017 年 01 月第 1 版
印　　次 / 2017 年 01 月第 1 次印刷
开　　本 / 710×1000　1/16
字　　数 / 182 千字
印　　张 / 16

书　　号 / ISBN 978-7-5496-1920-7
定　　价 / 35.00 元

序

所有的女孩子都是做着梦长大的。

小时候，梦里是童话中的白马王子，再或者是英勇无畏、盖世无双的翩翩侠士，一路上勇往直前、披荆斩棘，战胜恶龙、女巫或各路反派，将自己的忠诚和爱情奉献在公主的面前。

再后来，梦里变成了邻家的哥哥、班上的学霸、运动场上的健将……

那么多的憧憬，那么多的梦想，女孩子的心思永远多情而敏感。

谁对她们好，她们或许永不会说出感动的话，但从此心里便有了那人的一席之地，不由自主地关注着他的所有动向，悄悄地用千百倍的好还回去，默默守候，等待着爱情之树开花结果的那一天。

这样的女孩子，心思纯洁，单纯善良，无论外表怎样，本质上都是高贵无双的小小公主，配得上世间最好的爱情。

但感情上的事情，有时候很难预料。

也许并不是不够好，恰恰是因为太美好，才会让没有勇气的人望而却步，让如天使般的女子也不得不黯然神伤。

所以，女孩子们终于慢慢了解到，并不是所有的付出，都会换来对等的结果。

这时候，她们已经长大了，变成了更加坚强而美好的女子。

这样的女子，会仅仅因为一次两次的挫折，就放弃自己做梦的权利吗？

当然不！

她们只会越挫越勇，跌倒了就在原地爬起来，回头总结自己的经验和教训，然后笑着挥挥手，昂首挺胸走上下一段征途。

是自己的，谁也夺不走；不是自己的，又何必强求？

她们活得自信而乐观，在红尘俗世中打着滚，却仍明媚坚强如开在沙漠里的仙人掌。

继续寻觅，继续守候，她们的梦想总有一天会变成现实。

只要，美好的心灵不受到尘世的污染；

只要，心中的梦想永远不被现实击垮。

写给所有爱做梦、坚持自我、守候幸福的姑娘们。

目 录
Contents

目录

Contents

第一章

等爱的人，即使失去，仍心怀希望

★ 假如馅饼从天而降

★ 告白后遗症

★ 改　变

★ 寻　情

★ 另一个你

★ 边走边爱

★ 假如馅饼从天而降

1 仲夏夜之梦

大三下学期的那个傍晚，整栋宿舍楼里的拼命三郎们继续奔走在考托考雅考研的路上，忙得连回来喘口气的时间也没有。只有洛芝，悠闲地坐在阳台上，边啃着下课后从美食街买回的牛肉馅饼，边望着天上的星星发呆。

时间是仲夏，白天稍觉燥热，晚上温度却刚好。习习凉风带来不知何处的花香，宁静得甚至能听见虫语声。

周围的一切如此完美，洛芝感到心满意足。偶尔，她会瞥一眼前后左右漆黑无人的宿舍，然后微一耸肩，为她们竟错过如此的良辰美景而遗憾。

但很快，正对她楼下的一对情侣破坏了这份宁静。那男生有着一副低沉魅惑的好嗓音，女生的声音则有些刺耳。四周太安静了，虽然洛芝无心偷听，但他们的对话还是直往她耳朵里钻——男方深情无限，女方却无动于衷。

这一边倒的局面让洛芝替他们暗暗着急。

最后，女生终于不屑地说了句："想让我跟你在一起，除非天上掉馅饼！"

洛芝看看手上啃到一半的牛肉馅饼，本着造福他人的美好愿望，毫不犹豫地向下一丢。

顿时，楼下传来女生的尖叫声。半块馅饼准确命中了她的脑袋，把她精心梳理过的发型砸得面目全非。站在她对面的男生则目瞪口呆。

洛芝淡定地从三楼的阳台上探出脑袋，向他们友好地挥挥手："货真价实从天而降的山东大馅饼，不用谢！"

女生"哇"的一声，泪奔而去。男生只顾得上抬头向洛芝望了一眼，就忙不迭地追赶女生而去。

盯着他们远去的身影，洛芝摸摸鼻子耸耸肩，悠闲地躺回椅中继续看星星。

四周一片宁静。总算天下太平了，她想。

2 馅饼砸出的友谊

唐方总咬牙切齿地对洛芝说："全怪你，搅黄了我的一段美好姻缘。"

洛芝狼吞虎咽地啃着路边摊新鲜出炉的烤串，右手还不舍地捏着大号的啤酒杯，眼观六路耳听八方，心里琢磨着接下来吃哪样，嘴上则不甘示弱火力全开："天上掉馅饼也没把你的美好姻缘拉回来，我看她注定就不是你的那盘菜。再说了，事后我也不是没去补救，人家连我这罪魁祸首都原谅了，却仍然不肯搭理你，那我还能有什么办法？强扭的瓜不甜，有时间在这里叽叽歪歪，还不如去另找个靠谱的瓜下手！"

唐方看着她欢快地吃喝，黯然地叹了口气，脸上那种文艺的忧伤表情让洛芝想把他的头按进烧烤盘子里。

这时，馅饼事件已过去一个多月。

当然，唐方就是那对小情侣中的男方，女方则是校花沈小晴。那天晚上，唐方追赶沈小晴未果，当即跑到洛芝的宿舍向她兴师问罪，却被牙尖嘴利的她呛得说不出话。

最后洛芝看他可怜，才勉为其难地答应去向沈小晴道歉，并趁机敲诈了一顿饭。其实，问题根本就不是出在她和那个馅饼上。

洛芝看得通透，唐方却执迷不悟。结果洛芝向沈小晴赔尽了笑脸，沈小姐才大人不计小人过地原谅了她，但对于唐方，仍然只有冷酷到底的拒绝。

虽然任务失败，洛芝还是厚着脸皮蹭了唐方的饭，边吃边从头到脚地研究着，想找出沈小晴看不上他的原因。

唐方注意到她诡异的视线，先开口截断了她的后路："就算沈小晴不要我，我也不会跟你在一起。"

"呸！"洛芝不屑地白了他一眼，"我又不是收破烂的，人家不要，我更不稀罕。"

三言两语，就奠定了日后洛芝和唐方如兄弟姐妹般的情谊——抹杀性别，无关风月。

3 梦想与现实的差距

洛芝总有许多不切实际的小梦想，每一个都足以让唐方先瞠目结舌，再对着她摇头叹气好几天。比如，她想在那座有名的西部旅游城市开一家小客栈，每天晒着太阳，旁观来自世界各地的男女间的邂逅和分离，再化为古怪精灵的文字。

在她臆想得天花乱坠的时候，唐方毫不客气地击碎美梦："你不知道能在那里开客栈的都是在大城市打拼多年、坐拥几十上百万的金领、白领吗？像你这样的，连租金都付不起，就别瞎掺和了。"

洛芝眨眨眼睛，满不在乎地调低了自己的目标："那我就先背包周游全国，攒够了租金再去。"

唐方忧心忡忡地盯着她的脸："你傻成这样，总有一天会被人贩子拐卖掉。"

洛芝斜他一眼："在那之前，你就会因为想太多而变成满脑袋皱纹的老头子。"

他习惯性地叹口气，不响了。

再过一个月，唐方就毕业了。这段时间，他每天都西装革履地拎着公文包去实习单位，被洛芝讥笑为人模狗样。

除了实习、找工作的压力，他还必须在离开学校前找好住的地方，而那笔不菲的租金，就足以令不肯向家里伸手要钱的他头疼。

沈小晴甩了唐方以后，很快就跟个富二代出双入对，这让他更加体会到贫穷的窘迫。在世俗面前，所谓的理想和爱情，其实什么都不是。

唐方搬出宿舍的那天，洛芝去帮忙。她在那间不足十平方米的小房子里转悠了几圈后，就惊喜地指着窗外叫起来："看，对面是个公园，有树还有湖，每天看着心情一定会很好。"

无视身边局促狭小的空间、破落发黄的壁纸，却为远处的风景感动，这样的洛芝令唐方微微苦笑，随即轻声说了句："你真是个傻姑娘！"

洛芝看看他，想说点什么，最后却只是笑笑，从身后小心翼翼地捧出一盆仙人掌，放在了窗台上："来，这是祝贺你乔迁的礼物。"

4 幸福只存在于心间

工作一年，唐方又谈了两次不成功的恋爱，每次谈到房子、车子等现实问题就戛然而止，于是，时常在他身边晃荡的异性仍然只有洛芝一个。

洛芝也快毕业了，但她却没有像同龄人那样四处奔走，日子过得分外悠闲。

唐方开始像兄长似的为她操心：姑娘，该找工作了；姑娘，想租什么样的房子？

对于前面一个问题，洛芝总笑而不语，然后坐在他的单人床上环顾一下四周，说，房子么，就这样的一间也挺好。

唐方听了，就开始感慨："我见过的每个女孩都嫌弃这里小，除了你这个傻姑娘。你呀，就不能对自己好一点？"

洛芝笑嘻嘻地问："你怎么知道我对自己不好？至少，我还有大把的时间去实现梦想。在最美好的年纪里，做自己最想做的事情……不是挺幸福的吗？"

其实，她故意漏说了半句，这一切的前提是，要和自己喜欢的人在一起。然而，即使他近在咫尺，心也仿佛远隔天涯。似乎，她已找不回初见时的他了。

唐方曾是校广播站的主播，用那副低沉魅惑的嗓音俘获过许多女生的心。洛芝永远不会承认自己也是那群女生中的一员，大一时的她不过是去替朋友点一首生日歌，却在他递来歌单的那刻完全沦陷。

那正是传说中触电般的悸动。

洛芝已不记得自己说过些什么，只记得他那高高的鼻梁，令她瞬间想起古希腊的雕像，带着些许磁性的美妙嗓音，萦绕在耳边，卷起一阵阵的眩晕。

从那以后，她就默默地关注着他。曾用笔名投去一篇又一篇优美的散文，听他余韵绕梁地在广播中诵读出来，带给她难以言喻的幸福感觉。

直到，他退出广播站，又喜欢上了沈小晴。

5 最美好的时光

洛芝喜欢植物，喜欢绿色，每次去唐方的小屋，总会带一盆小小的仙人掌。终于有一天，唐方看着满满一窗台的花盆，叹着气说该换间大点的房子了。

洛芝故意问："大房子，你租得起吗？"

"租不起。"唐方看看她，"不然，你也来付一份房租？"

洛芝歪着头想了想，就同意了。

他们一起去看房，被人误会是情侣。以前唐方总会辩白两句，这次却什么也没说。洛芝觉得他是累了，自己的事都操心不过来，又何必再向不相干的人多费唇舌呢？

唐方把朝南有阳台的那间让给洛芝住。洛芝拿出一半的房租要给他，却被他拒绝了，理由是她刚毕业，用钱的地方还有很多。

洛芝就买了好多的植物回来，把他们小小的家布置得生机盎然。白天，她写写稿，打理打理植物，傍晚时再买菜做饭。时间算得刚刚好，等唐方回来时，满屋都是扑鼻的菜香，让他垂涎欲滴。

唐方忍不住夸她："谁能娶到你，真是好福气。"

洛芝只是看着他笑。他从来记不住，她的梦想并不是洗手做羹汤，而是边走边写、自由自在。然而，她又无法拒绝他合租的邀约。

他不爱她，她知道。

然而，明知没有希望却仍不改初衷，这又何尝不是一种纯粹的勇气？在最美好的时光里，洛芝选择跟自己喜欢的人在一起，即使无关风月，也是她的幸福。

再迟钝的傻瓜，也终会察觉她对自己的好。合租大半年后，加班到深夜才回来的唐方，发现洛芝仍饿着肚子捧着本书等待自己的时候，忍不住将她紧紧拥入了怀中。

那一晚，他们没有分开。

6 仙人掌也会死亡

和洛芝在一起，唐方不需要再考虑房子、车子的问题——她真是个傻姑娘，随便一点小事就能让她开心大半天。以前追过的女孩子所带给他的压力全都烟消云散。

奇怪的是，没有了压力的唐方在事业上反而更加得心应手，很快就升了职加了薪，还争取到一个难得的培训机会。

是时候谈婚论嫁了。唐方这样想过，却因为沈小晴的再次出现被打乱了全盘计划。这么巧，她也参加了同一个培训，并因为他的顺风顺水而对他另眼相看。

学生时代的情侣，很容易就能重燃爱火，特别是，在双方物质条件都更加登对的情况下。

洛芝其实并不傻，至少，没有唐方认为的那么傻。她很快就觉察到旧情复炽的气息，正好那时有个杂志社在组织作者采风，她便报了名，一去就是三个月。

起初，唐方每天一个电话。慢慢地，电话不再那么勤。再后来，变成一周通话一次，能聊的话题也越来越少。洛芝明白，如今维系在他和自己之间的，只剩下最初的友谊——他一直没有爱过她，只是不想失去她这样的朋友。

闺蜜劝她盯紧点，这个男人终归还有一大半的几率会属于她。洛芝却觉得没意思。

趁唐方上班的时候，她最后一次回到曾属于他们的小家，环顾四周，发现自己精心呵护的那些绿色植物已奄奄一息，有盆仙人掌甚至已枯死。

再坚强的植物，得不到丝毫关爱，也终会死亡。所有的爱情，也是同样。

洛芝默默收拾起自己的东西，把一半的房租和钥匙全放在桌上，附带一张字条，上面写着她决定去追寻自己的梦想，并祝他幸福。

闺蜜怪她，连分手也分得如此文艺，隐忍得令人心痛——如此一来，唐方便成了被抛弃的一方，再无丝毫犹豫和内疚，能心安理得地投入到另一个女人的怀抱。

洛芝笑笑，没有辩驳。爱一个人，就是如此奇怪：他曾付出最美的年华，来陪伴一个他不爱的她。

但，至少在相处的日子里，她感受过真正的幸福。那就够了，无谓强留。

她从未放弃过希望和梦想，始终坚信前方仍有美丽的风景等她发现。

比如，丽江古城里的某个客栈，和那满院温煦的阳光。

★ 告白后遗症

1 玩什么，别玩告白

那天，许久没联系过的丁景忽然从 QQ 好友列表里跳出来，劈头就是一句："最近还好吧？十一回来不？我结婚，记得早点到啊！"

李瑶瞠目结舌地盯着这段留言，暗自庆幸自己设置了隐身登录，不用第一时间回复这个恼人的问题。

好个屁！

看见这条消息，她整个人都不好了。想到这个月快要到手的工资有三分之一都要贡献给他的婚宴，她觉得这比割自己的肉还疼。

中午休息时，李瑶再次琢磨起这件事，得出的结论是绝对不去。反正他丁景不过是自己的高中同学，以前跟他也没什么特殊交情，浪费时间和金钱在他身上，还不如去参加万人相亲大会钓个金龟婿呢。

在社会上摸爬滚打才两年，李瑶已经"百炼成精"，随便一件事都能马上分析出利弊得失，然后自动选择对自己最有利的方案——与其当伪君子，还不如做真小人，像她这样挣扎在最底层的小白领，生存才是第一要务。

在考虑如何漂亮地拒绝这个邀请的时候，她忽然想起在网上看到的一个段子，瞬间脑抽，手贱地在跟丁景的对话框里敲下了一行文字：

"恭喜！但也许你不知道，其实我一直都很喜欢你，所以……我还是不去了吧。"

信息发送过去，那边良久没有反应。李瑶从列表里找到他的头像，果然灰了，她有种恶作剧得逞的得意，忍着笑关了QQ。

没过半小时，她便把这件事抛在了脑后，开始盘算着该怎样消磨自己的假期。

2 惊喜过度，就是惊吓

国庆前的最后一个周末，李瑶攥着刚入账了几千大洋的银行卡，兴冲冲地跑到商场里去物色新欢。

衣服、鞋子、包包都是必看项目，遇上合眼缘的精品、首饰甚至玩偶店，她也舍不得就此错过。

逛得正High，手机不合时宜地响起来。李瑶见是个陌生的手机号，随手挂断了，拿着看中的衣服进了试衣间。

连试过几件衣服，恋恋不舍地离开那家店，她才又取出手机，一看竟有十来个未接来电，全是那个陌生的号码。

正疑惑着，屏幕一亮，对方又打来了。李瑶按下接听键，刚放到耳边，就听见了一个似曾相识的男声："李瑶，你总算接电话了。我现在在虹桥机场，能不能来接我？"

李瑶险些摔掉了手机："丁景？"

有了QQ上的那句告白，可以想象两人的重逢有多尴尬。李瑶硬着头皮把丁景领出机场，听说他还没吃晚饭，又挑了家价钱适中且不损颜面的餐厅请客。

点好菜，实在是无话可说，李瑶随口问他为什么来上海。她心里预想好的答案是公干，这样一吃完饭，找家旅馆把他安顿下来，自己的地主之谊也就尽得七七八八，可以安全撤退了。

谁知丁景盯着她看了一会儿儿，幽幽地开口道："还能为什么？我只想亲口告诉你，其实，我也一直喜欢着你。"

李瑶刚喝的一口水差点没喷出来，边用餐巾纸捂住嘴，边观察着对方的表情，想弄清楚这是不是他对自己那句告白的报复。但丁景的表情毫无破绽，而且，坐飞机大老远跑上海来报复她的玩笑话，未免太小题大做。

"你不是要结婚了吗？"她小心翼翼地提醒。

丁景笑笑，视线始终没有离开李瑶的脸，让她如坐针毡，而他接下来的话更给了她一种五雷轰顶的感觉："我不结婚了。就算要结，我也希望跟我站在一起的人，是你。"

四目相对，李瑶十分不雅观地张着嘴，下巴随时都有脱臼的危险。丁景却是一副气定神闲的样子。好半晌，她才吼出一句国产青春电影里的著名台词："你神经病啊？"

3 昔日，你在梦中

那天，如果不是因为丁景大老远跑来，又人生地不熟，李瑶一定会把他丢在餐厅里落荒而逃。

不过她总算及时想起，自己跟这件糗事也脱不了干系，于是带着几分挽救失足少年的悲壮，苦口婆心地劝说丁景乖乖回家结婚。

一顿饭，她只顾说话，都没怎么动筷子。丁景却吃得很开心，只在听她说整件事不过是个玩笑的时候，才有些失落地移开了视线。

但没多久，他就不动声色地转移了话题，聊起了他们所熟悉的人和事、分开这些年来的经历，像个老同学那样坦荡自然。

李瑶慢慢被带入他所描绘的记忆中。那些尘封已久的往事，那些年少无知时的情愫，一点一滴地注入她趋于麻木的内心。末了，她甚至没有注意到，脸上还露出了怀念的笑容。

丁景说："还记得那时候的你吗？多才多艺、美丽骄傲，每次从教学楼前经过，总有男生喊你的名字，再用情书折成纸飞机，从楼上朝你扔下来。"

他说话时的眼神和语气，让李瑶刚有点放松的戒心再次高高提起，也瞬间把她打回到眼前的现实。她苦笑着叹口气："你描绘的好像是另一个人。"

他没有再继续这个话题。

饭后，李瑶再次劝他买机票回家，跟未婚妻重归于好。

丁景却只耸了耸肩："知道什么是背水一战吗？从我在 QQ 上看到你留言的时候起，就已没了退路。既然你还没有男朋友，能不能给我一个追求你的机会？"

李瑶哑口无言。只因为自己的一句戏言，就把他按部就班的人生全然打乱，如果自己再坚持赶他走，未免也太过残忍。

也许应该给他点时间，让他看清楚她早已不是当年的梦中女神。到那时，他就会主动离开，她的生活也将重归平静。

4 谈感情，不如谈钱

闺蜜们对于李瑶私下倾诉的这次狗血事件，无不眼冒桃花春心荡漾，异口同声地用"浪漫"给丁景盖棺定论。随后，便口径一致地怪李瑶没情趣、太现实，送上门的肥肉竟然还死活不要。

李瑶不以为然。她又不爱吃肥肉，送上门再多也敬谢不敏。丁景再好，也不是她的那杯茶，只因感动就以身相许，也不是她的 style。

然而丁景却如着了魔似的穷追不舍，剩下的一周竟然就耗在了上海，每天几百块的房钱让李瑶都为他感到肉疼。

那么一大笔银子，换成衣服、鞋子、包包、零食该有多好？中午在公司吃着最便宜的十元盒饭时，李瑶老是忍不住这样想。

越想，越觉得自己罪孽深重。搅黄了丁景的婚事，害他浪费钱财，他下了这么重的血本，想到他最后终将一无所获，连李瑶自己都觉得他太可怜。

可是，感动又不能当饭吃。

看着丁景每天都望眼欲穿地守在公司楼下等自己下班，然后挖空心思地创造一些浪漫的惊喜，李瑶都不知道自己是该哭还是该笑。

他会租辆双人自行车，和她一起蹬到森林公园去烧烤。再或者，拉着她一起去外滩坐游船、看星星。

总之，都是那种小女生时代才会期待的浪漫举动，花不了多少钱的廉价。

李瑶一忍再忍，最后终于决定还是给他来个迎头痛击，让他明白自己不过是个庸俗的女人，从此知难而退。

她主动把他约出来，领着直奔市区最繁华的商业区，挨个指着那些贵得能吓死人的餐厅、服装店及其他奢侈品店对他说："那里才有我想吃的食物！那些才是我想拥有的东西！我喜欢的一切早就变了，你明白吗？"

丁景任她发作，半晌，才轻轻开口："我以为，过去几天陪你所做的事情，才是你的梦想。"

　　谁不曾在少女时代有过那种不切实际又美妙无比的梦想？李瑶忽然想起高中时跟同班女生叽叽喳喳讨论过的那些可笑想法，没想到，他竟记到今天，还利用这几天的时间一一实现。

　　鼻子微微一酸，她摆出标准拜金女的嘴脸："别跟我谈感情，谈钱！"

5 你和你追逐的梦

　　一夜过去，李瑶想到从此不必再背着丁景这个大包袱，顿时觉得神清气爽。

　　从他忽然出现在她面前起，他和他的种种追求，对她来说就只是个累赘。她已习惯了大城市的生活，即使只是挣扎在最底层，这么漂着混着，也不可能再跟他返回老家。

　　这已不仅是跟他是否合衬的问题，更重要的，是她低不下这个身段。

　　但让李瑶大跌眼镜的是，下班的时候，丁景又已等在了公司楼下。

　　他的态度很自然，完全不像是前一天被她拒绝得灰头土脸的样子。他带她去了那家人均消费几千的餐厅，气定神闲地坐下点餐。

　　她看着餐牌上的数字，颇有些惊恐，怀疑他是被自己刺激得失心疯了，才跑到这里来自虐。出于好心，她低声劝他别犯傻。

　　丁景却镇定地开口："别担心，我付得起账单。"

　　李瑶似乎进入了一个光怪陆离的世界，原来，这些年来不仅是她变了，就连他也早被改变——高中毕业后，丁景的母亲带着他改嫁给了一个民营企业家，继父没有生育能力，就把全部希望放到了他的身上，一心栽培他接班。

丁景的人生已经被完美地规划，甚至包括那场婚姻。所以，当他在 QQ 上看到李瑶的留言时，一阵突如其来的冲动，让他做出了这些年来唯一自主的决定。

对他来说，钱和时间都已不再是问题，他所欠缺的，唯有年少时未曾实现的梦。

"现在，可以给我一个机会吗？"凝视着李瑶，丁景从容不迫地问。

她想要的一切他都已拥有，所以他笃定地认为，她没理由再拒绝。

她沉默片刻，忽然问："如果你早就喜欢我，为什么直到现在才肯承认？"

他的眸中掠过一丝暗影："是你的留言，让我看到了希望。"

这一刻，她忽如释重负。

6 有些裂痕无法补救

李瑶最终还是拒绝了丁景。

那么一大笔财富就摆在眼前，等着她点头纳入囊中，这个场面以后她吃着十元一份的盒饭时，一定会时常想起。然而，她却并不后悔。

他已回答得够清楚。若不是因为她的那句戏言，他根本就不会有追求她的胆量，那只因为他爱她不够深。至于后来的破釜沉舟，也不过是因为他已舍弃了一场婚姻，只有拿下她才能挽回颜面。

他把爱情经营的像是生意，没有必胜的把握，决不主动出击；一旦出手，就必须有所盈余。然而，她虽然爱钱，却不想成为他的战利品。

丁景对这个结果很不满意，执着地想要听一个解释。

李瑶云淡风轻地笑笑："如果我们真走到了一起，所有人都会把我当成破坏了你婚姻的狐狸精。"

他看着她："就算你拒绝我，在他们眼中，你也仍然是那个狐狸精。"

她耸耸肩："那至少，我也是个诚实的狐狸精。"

不爱，依然是不爱，再多的金钱装饰也改变不了心里的感觉。而她，还没有学会委屈自己的心。

他看了她好半晌，忽然叹了口气："其实你没有变，仍然还是那么的骄傲。"

她极有涵养地微笑道："我现在所剩的，也许就只有这份骄傲了吧。"

他或许爱她，但却更爱自己。而她则因这份永不妥协的骄傲，一举成为他心目中的至高女神。以后，他也许会将许多女子弃如敝屣，却永远都会记得今日求而不得的伤与痛。

爱不够深，再多金钱也无法弥救。有些裂痕，开始尚不觉察，日久却将深如鸿沟、痛入骨髓。

她爱钱，却不爱那舍弃自尊所换来的如影随形的痛。

★ 改 变

1 那年夏天

那一年的夏天，她第一次看见他。

他是那所大学里最有名的校园乐队主唱，留着微长的头发，在台上随着节奏肆意地扭动身体，是很张扬的那一种。她在台下远远地看着，觉出这个男孩是与自己完全不同的另一类人，却又对自己有一种致命的吸引。

身边的人们都在欢呼尖叫，她却沉默了。

她是那么的骄傲，虽然外表又是如此的平凡，她决不允许自己栽入一场永远不可能有结果的感情之中，成为无数个为他痴迷的女生中的一员。

她甚至也可以想象到，当他知道自己对他心动后会有什么样的眼神，惊讶、嘲笑和不屑，他会满不在乎地甩甩头发，笑着对乐队的同伴说一句："她那种女孩子，太闷了，怎么可能适合我？"然后把她抛诸脑后。

不错，他喜欢的类型应该是艳丽的，有浓烈的嬉皮或波希米亚风格的那种女郎——会穿超短的皮裙，会用魅惑的姿态抽烟，也会像他一样疯狂地宣泄感情。而不是像自己这样，用平静如水的表情来掩饰心底的波澜。

是啊，在他眼中，她一定是个很闷的女孩——决不会夜不归宿，甚至也很少旷课，总是素面朝天，不戴任何亮晶晶的饰物。可是，她还是有着自己的骄傲和自尊，决不肯轻易地被他的魔力蛊惑。

在表演者和观众们都酣畅淋漓的时候，她却在想着该离席了。可这时，她看见台上的他对乐队做了一个手势，于是奏起一首优美而又舒缓的曲子，浓浓的怀旧感扑面而来。

是她最喜欢的曲子，她最喜欢的歌。

她坐在原处不动，凝望着台上的他。他面上不再是玩世不恭的放任，却有一种亦幻亦真的凄迷，眼神中也透露出款款深情。

笑话！

他们这种人，不都是视感情为游戏的吗？为什么此刻的他，却表现得像一个会坚持到底的爱人？像一个会一生不变的痴人？如同她自己。

她还是离席而去，没有听完那首歌。她发觉自己已经深陷其中，为了不让自己也像身边的女生那样疯狂地喊出"我爱你"，她只有选择逃离。

不仅是现在逃离。以后在校园中的各处遇见，虽然她知道自己心里到底有多爱这个人，却还是假装对他视而不见地走过，以此来遮掩心底深处的自卑。

他是她可望而不可即的，是她所追求的。可是他，永远也不会属于她。他们之间的距离，永远是天与地，除非，有一方先做改变。

2 为爱改变

她决定改变是在出国留学的时候。

一场手术改变了她的容貌，由单纯的清秀变成带着点野性的美丽，她开始学习融入他那样的生活，夜夜笙歌。改变是痛苦的，但那是为了一个已经不可能再忘记的人，她认为值得。

割裂了与过往的一切联系，断绝了与所有认识的人的音信。当她回来的时候，已经变成了一个完全新鲜的人，只保留了当时的姓名，和压在箱底的一张旧相片。

她是疯狂了，把自己改变成他会喜欢的那种女子。

终于有一天，她出其不意地出现在他面前。别人把她介绍给他时，她看见他眼睛一亮，很快地抬头看着她，脸上的神情若有所思。

虽然不知道他在想什么，她知道他被自己吸引了。她笑了，心中却凄凉地想起那一年的夏天，她曾经仓皇地想逃离他魔力的掌控，想不到最后还是陷落。

他们顺理成章地住在了一起，根本不记得是谁追求了谁。她本来以为自己已经该满足了，可是竟然没有，因为她又想到了婚姻。

像他们这一类的人，是不可能想要结婚的。她知道是躺在内心深处的那个过去的自己在作祟——那个自己，纯纯的、痴痴的，只要爱了，就想一生一世，就奢望永远，也要求对方的忠贞。

"我不可能跟你结婚。"看穿了她的心思，某一天傍晚，他坐在窗口，望着外面的天和白云，淡淡地说。

她想问为什么，可是心里忽然很堵，连那句问话也被堵在了嘴边。

"只有一个女孩，让我有过结婚的念头，可是……"他仍凝视着天空，有云，纯真的白，而他的眼神却落寞下来。

良久，他才回过头来看她："你可以选择保持目前的状况，或者离开。但是，我不会跟你结婚。"

他是在宣告自己对别人的爱。

虽然她为他改变了这么多，这么努力，可总还是做不到他想要的一百分。他心底最爱的，是另一个女人，那个他想要娶来做妻子的人。

她手足冰冷。

那天晚上，她从箱底翻出过去的那张相片，看了很久。

自己是不是做错了？她根本就不应该勉强自己改变，去博得另一人的欢心。这其实是对自己的背叛和抛弃，而结果，她什么也没有得到，反而失去了更多。

她觉得自己很愚蠢，如果连自己都不再爱自己，又怎么能妄想得到别人的爱？她的骄傲和自尊，都不允许她再继续做一个可有可无的影子。

3 错过的彼此

她离开得很匆忙，生怕自己会后悔似的草草收拾了几样东西，打车暂时住进旅馆。然后换手机号，换工作，找新的住处，一切都忙完，安顿下来，才忽然发觉，她遗忘了许多东西在他那里，其他的都不重要，最舍不得的是那张旧相片。

她没有再回去拿，不想再遇见他。虽然想到他会随手将相片扔进垃圾箱时，会有种想买通环卫工人把他家附近的垃圾箱翻个底朝天的冲动，但她还是克制住了自己。

过去了，就都让它过去吧。

可是一个月之后，他找上门来。

打开门，看见他红着眼睛站在门外，她本能的反应是关门，可是他强硬地把门推开。没有办法，只有让他进屋，同时为他那不修边幅、几夜未眠的样子暗自吃惊。

这都是为了找到她？那么，他找得也真够疯狂，而她也真够荣幸。

他站在客厅里，喘息未定，已自怀中小心地取出一张相片，瞪着她问："你认识她？你认识她？她在哪里？"

她心中一跳，探头望过去，是过去的自己在向她微笑——那个坐在草地上、静静看书的女孩，穿着素雅的长裙。

她忽然有点晕，不敢相信他这么紧张只是为了这张旧相片。半晌，她终于开口问："她，就是你想娶的那个女孩子？"

他疯狂地点头，点着头却又流出泪。

他记起当年在校园里，她那么安静，每次遇见都让他感受到天使一样的纯洁，让他感觉自己在她眼中一定是个不折不扣的魔鬼。他自惭形秽，真的，只有想起她时才会让他自卑，深感配不上她，所以，他从没有试图去接近她，更不敢去追求。

她是天使，而他只是这俗世里的一粒灰尘，渺小而肮脏。

那一次演奏会，他在台上远远地望着她，她因为节奏的疯狂而拧紧了眉，他连忙换了一首舒缓的曲子。乐队的同伴们都很吃惊，却不知他只是为了讨好她。他深情地唱，是献给她的歌曲，而她，还是不屑地离开了。

然后，他流泪了，唱着那首歌而流泪，把全场观众的情绪掀向最高潮。谁都以为那只是一次煽情的表演，谁也不知道他内心深处永远无法愈合的隐痛。

以后，每再唱起那首歌，他都控制不住自己的眼泪。于是，他不再唱它。

那以后，听说她出了国，从此再也打听不到有关她的消息。像是消失了，一点儿也不在乎在这个城市有一个永远也无法忘记她的人。

"她明明是与你完全不同的人，你却如此爱她？"她望着相片苦笑。

谁知道一切都错了。他和她都以为对方是自己不可企盼的那一种人，像黑夜与白天永不相逢，所以心底再深爱，也不敢大声地说出来，哪怕只有一次。

"所以你当初注意到我，只是因为听到我的名字与她一样？"

他点头。

她真傻，还以为是改变后的自己吸引了他的目光。曾经以为自己与他的距离是天与地，可原来这天与地，也曾差一点儿有重合的一天——只要，他们中的任何一方，可以大胆地追求。

真的，只要当年多走出一步——只一步，也许故事的结局就会转向美满的那一边。可现在，还有什么可说的呢？自己已不再是他心目中当年那个纯洁如天使的女孩，虽然这种改变也只是因为他。

"她已经在国外定居，嫁了人，连孩子也有了。而且，她根本就不记得还有你这个人。"她微笑着，坚定不移地编织谎言。他呆呆地看着她。

"再见。"对他说完最后一句话，关上房门，她才深深地叹了口气。从今以后，她不会再那样傻，不会再为任何人而去改变。

她要全身心地爱自己，包括这陌生的容颜和未知的明天。

而且，永不许再犯同样的错。

★ 寻 情

1 失恋进行时

我呆呆地望着天花板，周围一片寂静。就在两个钟头前，电话还不时响上一阵，后来我随手抓起床头的闹钟砸了过去，从那以后，公寓里就是这种死一样的寂静。

换了别的男人或许会抽掉几包烟、喝光一打啤酒，而我只是觉得冷。那种寒冷，从身体里开始，一点一点地扩散到全身，连周围的空气也变得冰冷。

我靠在床头，将身上裹的棉被裹得更紧些。

急促的门铃响起，我仍然发着我的呆。门铃声于是换成了气急败坏的捶门声，夹杂着阿班的吼声："快开门！我知道你在家！听见没有？再不开门我要撞了。"

喜欢干什么是别人的自由，现在我连自己都控制不了。还是那么冷啊，从心里开始冷，我没有动。

他真的开始撞门，我还是不理睬。现在天塌下来又能怎样？已经完全不关我的事。

没过多久，阿班便突破了正门的防线，火烧火燎地冲进卧室，第一眼看到我便开始骂："手机关机，打到你公司说你没去上班，家里电话打到第五次突然断线，我就知道你这家伙一定是窝在家里——像你这种私生活乏善可陈的男人还有什么地方可去？"后面明显是松了口气的口吻。

我不答。阿班瞪住我："你疯了！大热的天裹着床棉被？给我滚下来……说话呀，你在搞什么鬼！你还活着吗？"

我终于叹口气："死了。"

"好，会说话说明还有得救。"阿班脸上出现满意的表情，然后看着我摇摇头，"没见过像你这样的人，失恋而已嘛，很平常的事，用得着搞成这样？这年头重视感情到这种程度的男人，你怕是最后一个吧？"

我再次深深地叹口气："我只是想不通。阿班，六年了，你看到的，这么久都维系下来的一段感情，忽然她说要嫁人了，而新郎竟然不是我，无论如何我都没办法接受这个结果。究竟是什么原因呢？"

阿班用一种奇异的目光看着我，良久才道："原因……应该只有你和她知道才对吧？不过……"他忽然换了个话题，"你好像到现在都还不知道她要嫁的人是谁吧？"

"分手那天她说过，好像是叫陈什么的……"我心情沉重地回答，"不过我没有印象。"

阿班紧盯住我，叹了口气说："你不觉得这已经很能说明问题了吗？"

我不解地望着他。他无奈地摇了摇头，忽然想起了什么而有些兴奋地道："你想不想寻回这段感情？"

"已经不可能了……"我更加沮丧，"她已经结婚了。"

"可是，如果能让你回到过去呢？"阿班的眸子因兴奋而闪闪发光，"想不想尝试一下？"

"骗人的吧……"我呆若木鸡地看着他，可阿班已不由分说，把我从床上拖起来，"跟我走。"

2 科学怪人

大学时主修空间物理的阿班，个性完全不同于大多数理科出身的人般严谨，反而是放浪形骸、任性妄为的，从他不顾后果地踢开我的房门就可见其性格中的劣性因子。

而主修空间物理的原因，是他一直对只在科幻小说中出现的穿梭时空机深感兴趣。他多次私下里表示："一旦实验成功，那么看遍古今中外的著名美女就不再是个梦，和其中的一位谈一场恋爱也不是没可能的事，真是让人神往。"

所以，毕业后，他加入了一个同样喜欢胡思乱想的富翁出资成立的研究所，专门研究把种种匪夷所思的想法付诸实际的可行性，可以说是如鱼得水。难道这个研究所真的研制出了穿梭时空的机器，而阿班正好找到了我来做实验品？

这种想法在我站在了一台古怪仪器面前时就更加确定。那是一个能让人躺进去的半透明的金属盒，从上面分出好些导线连接了几台电脑和莫名其妙的仪器。

阿班高兴地按了一个按钮，金属盒的透明盖子打开了，然后他望向我。

"你……"我有些结巴，阿班这家伙不是真想牺牲我这多年的好友来做实验吧？不过以他对神秘科学的狂热，这种事完全有可能做得出，"你是拿我当实验的小白鼠？"

阿班有些诡异地一笑："就算是，你也没有什么损失。如果失败变成白痴或是干脆死了，岂不正符合你现在的愿望？怎么样？要不要躺进去，完全由你自己决定。"

我叹口气，他说得很对。我想，我宁愿变成痴呆或不再存在，也不想永远这样冷下去。

我爬进那个金属盒，边躺好边问："我需要做些什么？"

"想着她！"阿班来到近旁，凝视着我，"一定要想着她，这很重要。"忽然他的表情稍微放松，"当然，如果出现误差把你送去了古代，记得帮我问候那时的美女们。"

透明的盖子合上了，我像是躺在一具半透明的棺材里——也许真会是我的棺材……刚摆脱这种不吉利的想法，我又意识到了另一个问题："喂，我要怎么才能回来？"

没有回答，金属盒微微地振动起来，眼前似乎交织着各种颜色的光线，我失去了知觉……

3 被忽略的真相

几树樱花在风吹过之后，花瓣飘飘洒洒地扬下来。

我睁开眼，面前是一幅似曾相识的场景，林荫道上三三两两的年轻人边走边谈笑，充满了青春和朝气。

是我大学时代的校园。我很奇怪，为什么会到了这里？正犹疑间，忽然一眼瞧见了她，我的心跳陡然加快了。

她立在一株树下，像在等什么人。我真的回到了过去？回到了我和她相识、相恋的大学时代？那么，从现在开始重新努力，是否可以挽回这段失去的感情？

我左右看看，没见到什么可能造成阻碍的人或事，于是向她走过去。

我的心情很奇怪，明明是相恋了六年的女友，可是这一刻或许我们根本还不相识，用什么样的表情和语气更能取得她的信任？

我努力回想我和她初次相识时的经历，可笑的是，已经完全没有印象了。即使是那么深爱的人，时间久了还是会不记得第一眼看见时的感觉、穿什么衣服、留什么发型、说过些什么。

记忆如此，那么，是不是连感情也是这样被慢慢淡化的？

"蓝青！"我忽然听见自己的声音，也许更年轻稚嫩些。我转过头，看见当年的自己兴冲冲地拿了两大支冰淇淋跑过来。

我震惊到来不及闪开，可是"我"却从我身前不到一米处跑过去，根本无视我的存在。这时，我才注意到来往的人中也没有一个向我多瞧一眼的，我是不存在的吗？阿班在搞什么鬼？

不过这样也好，我可以放心地接近他们而不会被任何人发现，好像在看一场自己主演的电影。

她接过冰淇淋，开始皱眉："苹果味的我最不喜欢，你又忘记了。"

"是吗？"年轻的"我"咬了一大口冰淇淋，"其实很好吃啊，你试试看，香芋味的才叫人难以忍受呢。"

"我喜欢的就是香芋味的……"她低声自语。

"我"没有注意这些："今天的电影怎么样？""很普通，只有最后那对恋人生离死别的那一场很感人。""……有那一场吗？""你最后竟然睡着了，难怪看不到。""……啊……我觉得那一场挺有趣的，就是男主角为了追女主角，假装是警方卧底，与自己的一帮朋友假打的那一场……"

她眉头皱得更紧："那一场最无聊了！"

"是……是吗？"我看着年轻的自己尴尬地抓抓头发、一时无言以对的样子，心里忽然微微一动：原来我们之间有着这么多的不同，真奇怪怎么可以相处那么长的时间。

我忽然记起，不知从何时开始，她逐渐地不再说自己喜欢什么、讨厌什么——更久以前其实是说过很多次的吧？但粗心的我从来就没有真正记住过，而她却记得我的每一样喜恶。

即使现在分手了，但她还是曾经深爱过我的吧？

不知为什么，明白了这一点以后，我的心情有一点儿轻松，虽然还是有着强烈的疑问。心境刚起了这样的变化，场景立即又转换到其他地方，是我和她共同居住过的"家"，我的公寓。

她在向花瓶里插一大束花，有点烦恼的样子。

我突然觉得很奇怪，记得从三年前开始我就不怎么送花给她了，都已经住在一起了，好像没这种必要了吧？可是在我的公寓里，却还是经常闻得见花的香味。以前的我对这一切视而不见，现在才忽然想知道那些花的来历。

我看见当时的"我"从厨房端了杯水出来，很希望"我"能够开口说上一句："花很漂亮。"不过，"我"简单地说了一句无关的话，便坐在电脑前，继续连线打游戏，头也不回。

她似乎是没有等到"我"问有关这束花的事情，这时就犹疑着开口了："都是我们公司的那个陈家阳了，老是做这种莫名其妙的事情，我已经告诉他我有男朋友的……"

陈家阳！

对了，就是陈家阳，她如今嫁的那个人。我如梦初醒，她说过的，早在出现危险的征兆时她就已经提醒过我，然而那时候的我根本毫不在意。

许多早已被遗忘了的事情一幕幕地在我脑海中闪现，我呆呆地立在原地看着当年的我们。

"有人在追我，你不紧张吗？"

"紧张，当然紧张。"眼睛仍然紧盯着电脑屏幕，"我"开口道，"蓝青，再帮我倒杯水，我走不开。"

"……"她有些失望地拿起空杯，再望了"我"一眼。"我"丝毫没有回应的表现，于是她默默走进厨房。

场景不断变换，上演着我与她曾有过的一幕幕回忆。

我忽然明白了她最后对我说的那句话："不知道是你失败呢还是我失败，我就要结婚了，你却连那个人是谁都不知道。"难怪连阿班也说，这本身就很能说明问题。

我本想能挽回这段感情，现在看来，我和她走到今天这一步根本就是早已决定了的事情。我们是两个有太多不同的人，一直维系我们的是她对我的迁就和爱，然而我反而因此忽略了她的存在，于是，分手在所难免。

看清楚了这段感情由浓烈到死亡的过程，我轻轻吁了口气。这时感到有人轻拍我的肩头，回头一看，是阿班。

"你来了。"似乎觉得他理所当然会出现，我一点儿也没表现出惊讶。

"找到了没有？明白了？"他也注视着这出悲喜剧的男女主人公，静静地问我。

"你早就知道是这样？"

　　"两个人之间发生了问题，答案当然还是在两个人自己身上，不帮助你找出真正的原因，恐怕你这个喜欢钻牛角尖的家伙到死都不会领悟。"

　　我默默地点点头。他看着我："我知道你常常会忽略很多重要的事情，才借助这部仪器帮你寻找回过往的记忆，让你弄清楚感情的真相。"

　　"那么你说能回到过去，是骗我的了？"

　　"本来是想研发时间机器，但无意中先开发出了这项功能，可以让人的意识进入已经设定好的记忆之中。当你睡在那部机器里，想着蓝青的时候，你记忆中所有有关她的部分就会全部被提取出来并虚拟化，然后我们的意识就可以通过特定的程序进入这些回忆。"

　　"……就是说，我们的身体其实还在原处？"

　　"不错，我已经实验过许多次，完全没有危险。"他似笑非笑地望着我，"你真以为我会不顾你的死活？"

　　"……谢谢你，我现在已经完全明白了。这段感情既然已经逝去了，再想挽留也毫无帮助，倒不如去坦然地面对它。"

　　"不错。"阿班再次拍拍我的肩，"最重要的是，要从中吸取教训。与其失去后反复寻觅、追问原因，倒不如记得怜取眼前人。"

　　"怜取眼前人？"我轻轻重复。

　　他重重点头："把握现在才是最实际的吧？走，梦该醒了，我们回去吧。"

　　不错，逝者如斯夫，人最重要的是把握现在。

　　记得怜取眼前人。

★ 另一个你

1 人生就是一出"杯具"

路菲觉得自己是个失败者。

从小到大，她做一切事情都不顺利，似乎总有什么人在跟她作对，想方设法夺走属于她的每样东西，包括运气。

路过街边的橱窗时，她看中一件妩媚风情的红色大衣，但是不菲的标价令她犹豫再三，虽然当时依依不舍地走了，然而大衣的影子始终在她脑海中盘旋，终于咬咬牙准备杀回去买下它时，却被告知："不好意思，最后一件红色的刚被人买去。试试白色的吧，也很好看。"

不错，只是好看而已，始终非她所爱。路菲只有快快地买下了同款的白色，后悔自己没有当机立断买下红色的那款。

升学时，她本想念音乐学院，并为这个目标苦练了六年小提琴。结果在入学考试时，她正拉着自己精心准备的巴赫的变奏曲，却发现考官中竟有人在打瞌睡。

那考官见她发现自己走神，急忙解释："对不起，刚才那个考生也是演奏同样的曲目……但，她似乎拉得更好。"

就算两个人的水平相当，先演奏者毕竟占据了先机，轮到路菲时，考官早已失去了新鲜感，于是她没被录取。

她上了一所普通大学，跌跌撞撞熬到毕业，然而还没等她松一口气，找工作时再次遇见了怪事。

路菲过五关斩六将拿到了一家跨国公司的面试通知，然而对方的人事经理看见她走进门时，脸上情不自禁地出现错愕的表情，还把她的简历看了又看，最后莫名其妙地叹了口气："刚才有个各方面素质跟你差不多的女孩子来应聘，我们已经决定录取她了。"

晴天霹雳！

路菲呆怔在当场，那个人事经理有些同情地望着她，半晌，才犹豫地开口问："路小姐，你……是否有双胞胎姐妹？"

这个问题很怪，路菲不解其意。

对方观察着她的表情，最终摇了摇头："算了，是我多事。不好意思，你可以回去了。"

路菲欲哭无泪，最后勉强在一家小企业就了职。

就这样，路菲跌跌撞撞地过了整整二十五年。直到遇上现在的男友何明，她的世界才似乎有了明亮的色彩。

2 幸福突如其来

路菲与何明是在画展上认识的。

那时极为失意的她正漫无目的地在街上闲逛，无意中走进了路旁的画廊。刚在一幅画前停下脚步，一个男人就迎上前来："你又来了？"

路菲莫名其妙地看着他，完全陌生的脸，不过却意外地有些英俊。最重要的是，他是二十五年来第一个主动向她搭讪的男人。

他就是何明，一个半黑不红的画家，那幅让她停下脚步的画正是他的作品，所以她才被他引为知己。

很久以后，她仍然没有勇气告诉何明，其实当时自己根本就没有注意到那幅画——她只是沮丧、失意、疲惫，想停下来歇歇脚而已。但这个偶然的决定，却令她开启了一段崭新的人生。

她和何明开始频繁见面、约会，然后确定关系，顺利得如在梦中。

"我想只有你才真正懂得我的作品，否则你不会这么快就回来。要知道，你刚刚离开几分钟而已，当我看见你再次走进那扇门，我简直高兴极了！"何明饱含感情地在她耳边呢喃。

实际上，那是她第一次踏进那扇门。

路菲想说清楚这一点儿，但何明已经用他结实有力的双臂将她紧紧拥入怀中，于是她想：说不说清楚又有什么要紧的？管他把自己错认成了谁，自己现在很幸福，这就够了。

3 放肆的第三者

幸福的日子并没有持续很久。

路菲慢慢发现，何明的身边有着另外一个女人。

开始是出于女人的直觉，好几次她兴冲冲地跑到他家敲门时，开门的他脸上总有一种难以抹去的错愕。

从他的眼神中，她可以感觉到，他认为自己不应该出现在此时此地——一个完全忠实于自己的男人脸上，不可能会有这样的表情。

他说出的话也很奇怪："有什么东西忘在这里了吗？"

问得没头没脑，他总该记得她上次来这里还是几天前，就算有什么东西落在他家，也不至于现在突然来拿。

于是，她只想到一种可能：那是他惊慌失措后的掩饰之辞。

疑心暗生以后，路菲将自己训练得好似一条缉毒犬，逮到机会就在何明家里搜寻另一个女人存在的蛛丝马迹。

而那女人似乎也越来越放肆大胆，留下了足够多的线索让她挖掘。

她将证据摔到何明脚下，跟他大吵大闹。

奇怪的是，何明却不跟她对吵，只是用一种诡异的眼神盯着她看，直到她声嘶力竭而不得不安静下来，他才悠悠地开口："这些全部都是你留下来的。你总是这样，明明说有急事需要离开却又会在几分钟后回来敲我的门，刚刚离开没多久，便又换上另外一套衣服来见我。我不否认这会让我觉得很有新鲜感，但如果你总是这样无理取闹，也许我们最好还是能分开冷静一下。"

"你在胡说什么？我没有！"路菲愤怒地低吼。

何明看着她，问道："难不成你有双重人格？"

够了，她受够了！

从小到大，究竟是哪个不开眼的女人总是要跟她作对，抢走了属于她的一切：漂亮的大衣、一流名校、高薪职位，现在又加上了他。

为什么每个人都怀疑她有失散在外的孪生姐妹，或者说她有双重人格？就算那个女人跟她再像，也不该瞒过跟她最亲密的恋人的双眼。难道，真的是自己有病？

路菲歇斯底里地将这么多年的苦闷倾泻出来，渐渐变得语无伦次。

何明静静地听到最后，忽然说了一句古怪的话："你是否听过那个传说——在这个世界上，每个人都拥有另外两个完全相同的自己。"

4 世界上的三个你

何明所说的传说，十分荒诞不经，却又与路菲的经历严丝合缝。

"据说在这个世界上，每个人都拥有另外两个完全相同的自己：

相同的外貌、相同的爱好、相同的人生轨迹。

"唯一不同的是，他们之间隔着一定的时间，也许是几分钟、几小时、几天，甚至几年。抢先的人永远掠夺着后来者的机会，这就像是一场赛跑，而我们所需要战胜的，是另外两个自己。"

路菲怔怔地听着，有种置身于梦中的疏离感。

"你知道最不幸的是什么吗？就是在这场赛跑中，你还没有起跑就已经落在了后面——而且你并没有落后太多，只是几分钟而已。

"明明知道另一个你就在前方不远的地方，你却始终只能跟在她的身后，被她抢走一切美好的东西，留给你的只是一地狼藉。这些……"何明悠然倒了杯红酒，在沙发上坐了下来，"是一个朋友告诉我的。"

路菲望着他，觉得自己的神经快要错乱了："你相信吗？"

何明凝视着她，眼神难以捉摸："我是否相信并不重要，重要的是，你相信吗？"

路菲有些迷惘。如果世界上真的还有两个"路菲"，那么自己所经历的一切就能得到合理的解释。然而这个前提本身，却又是如此不合情理。

"你的那个朋友能介绍给我认识吗？我有很多问题想问他。"

路菲的话令何明不易察觉地叹了口气，但他很快就笑笑："当然可以，改天吧。"

几天以后，在何明的引见下，路菲见到了他的那个朋友，并且迫不及待地问了很多问题。

那个朋友坐在宽大的办公桌后，边说着话，边在笔记上写着什么，时不时地抬起头来，用耐人寻味的眼神盯着她。

在路菲的追问下，他肯定了那个传说的内容，她不禁有些绝望：

"究竟怎样才能摆脱她们？怎样才能让她们从我的生命中消失？"

"你要记住，你才是真正的路菲，世界上独一无二的路菲。"那个朋友放下手中的笔，走到路菲的面前，按住她的肩头，十分诚恳地开口说，"她们则是你生命中的过客和幻影，只要你别再想着她们，别再关注她们，她们就会自然而然地消失了。"

真能这么简单？路菲疑惑地看着他。

"哦，对了，还有种神奇的药物也能起作用。"那朋友神秘兮兮地从办公桌的抽屉里拿出一小塑料袋的药片，"一周服用一次。记住，把药藏好，别让人看见，这样才有效。"

路菲拿着药回到家。

对方是何明的朋友，她决定相信他一次。当晚，她就吃下了第一片药，然后安安稳稳地睡到天明，世界似乎真的变美好了。

她决定再也不去想那些扫兴的事情。

5 谁是路菲

今天是何明的生日，路菲满心盘算着要跟他好好庆祝一番。她买了花、酒、蜡烛、巧克力，下班后兴冲冲地赶到他家。

然而，开门见到她的刹那，何明有些无奈地叹了口气："你……"

路菲忽然意识到发生了什么，她冲进门，环顾现场：瓶中的花、燃到一半的蜡烛、打开了的红酒和两个酒杯，以及拆开的巧克力。

"那个女人，她又来过？"

并不需要何明回答，路菲愤怒地将所有东西丢在地上，疯狂地冲出房门。没用的，她已经不再去想"她"，"她"却还是肆无忌惮地出现着。现在，她要用自己的方法去阻止"她"。

高跟鞋急促地敲打在地面上的声音，在深夜分外响亮。路菲以最快的速度奔跑着，几乎连呼吸都要停顿。

然后，她看见了那个女人的背影。红色的大衣，正是自己非常喜欢却没能买到的那件。

听见脚步声，女人转过头来，她有着一张跟路菲完全相同的脸。看见路菲，她脸上掠过惊讶的神色："你是谁？"

路菲伸手指向对方，激动得连声音都发颤："我是路菲！你又是谁？"

"我才是路菲！"女人冷冷道。

"不！你们都错了，我才是真正的路菲！"身后忽然又传来高跟鞋的急促声音，有人猛地冲上前来，站在路菲和红衣女人的面前。

路菲惊讶地转过头，发现面前站着的是另一个自己，甚至她身上所穿的大衣也是同款，只不过，颜色是黑的。

三个面貌身材完全相同的女人相对而立，这场面看上去格外诡异。

新来的女人指着路菲和红衣女人："就是你们俩，你们一直在破坏我的人生，让我不断地体会失败和挫折的滋味。我考不上最喜欢的音乐学院，连作为备胎的师范院校也都不肯接收我。从小到大，你们就像魔鬼的两个使者，总是挡在我的前方，阻止我实现梦想。直到我遇见何明……"她握紧了拳头，愤怒地嚷道，"他是属于我的，你们俩都给我滚远点！"

"胡说！何明所爱的人是我！"红衣女人对她嗤之以鼻。

"他爱的是我！你这个冒牌货！"黑衣女人也不甘示弱。

她们的争吵令路菲的脑袋发胀，她茫然地盯着她们看了一会儿，忽然开口："想知道他爱的究竟是谁，那还不简单？让他自己选择不就行了？"

其他两个女人都是一怔，但她们不愧是世界上的另外两个"路菲"，就连思维模式也十分相似，所以很快就同意了路菲的提议：一起去见何明。

6 谢幕退场

"你……你们……"三个路菲同时出现在面前的那一刻，何明如同见了鬼似的，跌跌撞撞地向后退去，直缩到房间的角落里。

红衣女人坦然地上前一步，柔声道："你还记得对我说过的那些话吧？你要在海边买一幢小木屋，只有我们两个人，在那里自由自在地画画，疯狂地相爱，直到世界末日也不分开。来，别再等以后，我们现在就去！"

黑衣女人也赶紧上前："不对！你的梦想是在有山有水的乡间，建一座别致的艺术馆。你求我一直陪在你的身边，放弃城市的喧嚣和浮躁。我现在答应你，好不好？"

何明一把抓过身边的画架，向她们推过来，她们急忙四散避开。

"你们是怪物！滚！快滚！我再也不想看见你们！"他疯狂地对她们号叫着，眼神游移不定，回避着她们的视线。

何明恐惧的表情和眼神让路菲感到疑惑："是你告诉我，世界上还存在着另外两个路菲；是你带我去见你的朋友，让他向我解释一切，你不应该害怕我们。"

"我以为你是疯子！那不是什么朋友，是替你约的精神科医生！"何明躲在墙角，似乎恨不得能把脑袋挤进水泥里，"他说你有严重的妄想症和人格分裂倾向，我根本没想过，世界上真的会有三个你！对我说这个传说的人，是以前的画家朋友，他早住进了精神病院。"

"所以你以为我……我们疯了？"路菲轻轻地问，其他两个女人也同时沉默下来。

"对不起！求求你们别再缠着我了，我还没有功成名就，我的画还没有千古流传，我还不想像梵高那样发疯……"

何明可怜兮兮地念叨着，路菲忽然觉得他很可笑，奇怪自己怎么会爱上这样的男人。也许，当时的自己不过是想抓一根救命的稻草吧？

"现在，你们还想留下吗？"她向红衣女人和黑衣女人各望一眼，她们同时摇头，很有默契地先后退出了何明的房间。

红衣女人在前，黑衣女人在后，路菲在中间。

如同舞台上演员的谢幕退场。

7 路菲的抉择

收拾完最后一件行李，路菲环顾一圈，觉得似乎还遗漏了什么。最后，她站到穿衣镜前才恍然大悟，身上竟然还穿着那件白色大衣。

看着镜子中的自己，路菲有种那不是自己的错觉。毕竟不久之前，她就曾跟那样的两个女人如同照镜子似的对望过。

那天晚上，离开何明的家以后，她跟另外两个"自己"达成共识：分道扬镳，各赴前程。

也许，她们之中某人的行为仍然会不自觉地影响到其他两个，但至少现在，她们已学会适度的忍让和适时的放弃。

真是，世界这么大，她们为什么要为一件衣服、一个工作、一个男人争来斗去？到最后，反而被人视作怪物。

路菲平静地删除了手机里何明的电话号码，然后向另一个城市的公司发出了简历。

这一次，竟然出奇的顺利。

几天后，路菲就受邀面试，并且很快拿到了 Offer。她有种预感，那里，或许就是属于自己的崭新舞台。只要，另外两个"路菲"不在的话。

也许很久以后的某天，她会忽然怀念起跟她们相遇的那一晚。毕竟，碰见存在于世间的另外两个自己，不是每个人都能有的经历。但目前，她却完全不关心她们的去处，更不想再与她们狭路相逢。

对着镜子端详了自己片刻，路菲脱下大衣扔到床上，这才满意地点了点头，拎起手提箱，走出门去。

★ 边走边爱

1 出走到天涯海角

微博上有人说，有些事现在不做的话，将来一定会后悔，比如，开始一场说走就走的旅行。

看到这句话的时候，张小芽正处于最不得意的时候。

工作上一筹莫展——操着卖白粉的心，拿到的却是卖白菜的钱，每个人似乎都有权利对她颐指气使。张小芽愤愤地觉得，大学里的行政管理专业应该改名叫全能打杂专业。

最悲哀的是，她有时还会想起，自己曾经梦想当一名自由撰稿人，背着相机边走边拍边写，用文字记录自己的人生轨迹。可现实却完全不是那么回事，每天回到家，她都精疲力竭，恨不得睡死过去，完全没有提笔耕耘的心情。

然而最大的打击，却是暗恋了一年多的男孩不仅拿她当哥们对待，甚至还看上了别的女孩，在 QQ 上向她请教如何去泡妞，气得她在电脑前简直想吐血，最后，却还是运指如飞倾囊相授。

纵使他不爱她，她还是舍不得将这段从网友发展起来的感情从生活中删除，她只能聊以自慰地想，他向她请教，至少说明自己与其他人不同。至于他是不是也同时请教了所有有时间听他唠嗑的人，张小芽已在所不计。

像她这样大龄未婚又死宅的人，这个城市一抓一大把。别人活得风声水起，回头看自己越发觉得灰头土脸，毫无优势可言，如蝼蚁般在生活的重负下苟延残喘。

张小芽呆呆地坐在自己租来的那间十平方米的小屋里，忽然心血来潮地翻出了自己仅有的两张存折，看看上面的数字，打开机票预订网站搜索起来。

第二天，辞职；第三天，完成工作交接；第四天，没有通知任何人，她背起行囊，就此出发。

2 感情，若有似无

周佳曾经说过，你就是个没心没肺的家伙。听了这话的张小芽完全没往心里去，照旧咧开嘴笑得像个傻瓜。

周佳就是那个令她心动的男孩，他们相识于某个 QQ 群。那本来是一群同城广播剧爱好者自娱自乐的地方，开始大家还正儿八经地下载了一堆诸如《暗恋桃花源》这样的话剧剧本，并在周末借了大学的教室开始排练。但不知怎的，大伙碰头后发现各自对吃喝玩乐的兴趣其实比广播剧更甚，结果每次排练都被压缩到两小时之内，剩下的时间就是呼啸而去，找家饭馆胡侃海喝。

一堆人里，张小芽和周佳最谈得来。身为设计宅男的他很闷骚，一个冷笑话说完上句，只有她能敏锐而默契地接完下句，再交换个心照不宣的眼神，其他人此时才咀嚼出个中韵味，开始笑得前仰后合。

生活中，有时真会遇上跟你如此合拍的人，他说的话，跟你正在想的完全一样——不需要预先沟通演练，简直就像失落于别处的另一个自己。对于张小芽来说，那个人就是周佳。

可是在他的眼中，她似乎只是个湮灭了性别符号的"死胖子"。

死胖子，哪天一起去吃火锅吧？死胖子，周末天气好，找几个人去度假村外拍！死胖子……

每次他这样在 QQ 群里一嚷，张小芽就跳出来大吼一声：滚！你才是货真价实重达两百斤的死胖子！

然后，却又应着他的号召开始拉拢群里的另外几个吃货玩货，很快就敲定周末聚会的时间和主题。

他们在一起总互相嘲笑，把对方的糗事记得牢牢的，是不折不扣的最佳损友。有时候，张小芽忍不住想，如果能跟他一直这样吃喝玩乐嬉游下去，其实也挺好，至少，他们之间有说不完的话题，还有高达百分之九十的默契。

可惜仍有百分之十的不合拍，比如，当张小芽已经看上周佳的时候，他却在忙着追别的女孩。

3 暗恋是种说不出的痛

虽然做到了说走就走，但以张小芽的银行存款，顶多能让她在东南亚转个小圈。她越发认清了自己矮穷挫的现实，也许，这就是周佳没有爱上她的原因吧？

他比她小四岁，在很多方面却比她显得成熟。刚认识的时候，他的薪水比张小芽还低，同样被压迫在公司的底层，可是他仍然省吃俭用买了单反相机和镜头，有时间就琢磨摄影技巧，虽然也跟他们疯玩在一起，背地里却比任何人都要勤奋。

不知不觉间，张小芽还在原地踏步的时候，周佳的收入已上了一个台阶。既在一家外企里当设计师，又为几本都市杂志当兼职摄影师，他主动组织群内活动的次数越来越少。

但偶尔，他还是会忽然从 QQ 上冒出来，私敲张小芽，随便地来一句：死胖子，有空出来吃饭？你不是写文章吗？给你介绍个收稿的编辑。

她兴冲冲地跑去见面，发现是个年轻漂亮的女编辑，不禁怀疑他是在利用自己接近对方。吃过饭，女编辑有事先走，张小芽故意开他们的玩笑，周佳立即三言两语撇清了跟对方的关系。

她的心刚一宽，却听他又脸红红地开口："不过，最近确实觉得有个女孩不错。"

张小芽的鼻子莫名其妙地有点酸，却用力地拍了拍他的肩膀："那还等什么？快去追啊！像你这种没权没钱的死胖子，过了这村就没那店了。"

他不服气："高中体重没增加时，我也曾帅得掉渣，是许多女生的梦中情人好吧？"

张小芽一撇嘴："就你那满脸的青春痘，还吹！"

话虽如此，其实，她并不觉得他胖，更不觉得他丑。他身高近一米九，说是两百斤，她却完全不觉得他胖，顶多算是魁梧，即使他脸上千疮百孔的，她也觉得分外可爱。

如今，她只能看见他的好。越看，越觉得自己是个配不上他的老女人。

4 相逢于异域

清晨，张小芽一个人在澳门的小巷子里溜达。

这里的地势很奇怪，好多巷子都是以四十五度角倾斜着，而那些洋溢着地中海气息的小楼房则安然无恙地建在路的两边，色调明快如里斯本的阳光。

她气喘吁吁地爬上大炮台，从那里俯瞰下去，整个城市显得拥挤而狭小——可是，却又有着说不清的宁静安逸。同样是海边城市，这里跟她辛苦打拼了几年的地方全然不同，不需行色匆匆，就可以从容观赏所有的好风景。

远处有个混血男人在溜他的大狗，人和狗都异常安静。张小芽不忍去打扰他们，转身下山。

没走多远，就听见身后传来脚步声。一回头，她发现男人牵着狗也下来了。四目相对，她看清对方的脸，果然如传闻那样，混血儿的样貌总格外美丽，令她自惭形秽。

他却先对她笑笑，轻声打了个招呼。

邂逅这个词，忽然蹦上了张小芽的心头。那本来应该是属于美女、才女……各种优质白富美的特权，她从没想过有一天会真的发生在自己身上。

短暂的不知所措以后，她的视线移到那条金毛身上，用不太流利的英语赞了句：好可爱的狗狗。

他们顺理成章地并肩而行，用简单的英语加手势聊起天来。

在这样一个陌生人的面前，张小芽忽然觉得没必要再掩饰，她说了自己一直没有实现的梦想，说了自己不如意的现状，说了自己孤注一掷的旅行——她快三十岁了，却还一事无成，全部的积蓄只够在东南亚玩上两个月，甚至不知道回去后该如何再开始。

他始终静静地听着，末了才说："张，你是个聪明又美丽的女人，你只是需要时间找到真正的自己。不过别着急，你的旅行才刚刚开始，能迈出第一步已经是种勇气。"

张小芽看着他，聪明、美丽？这样的词汇，真的适合用在自己身上吗？

5 淡淡的离别

混血男人带着张小芽把澳门逛了个遍。

张小芽站在黑沙滩上大声喊道："真不想再离开这个美丽的地方啦！"

他狡黠地问："那就留下来如何？留下来陪我散步聊天。"

他英俊的脸庞在阳光下璀璨生辉，张小芽有种在做梦似的不真实感。此时此地，此情此景，过于浪漫，过于虚幻。

也许，他只是对一个孤身旅行的女人感到好奇，她对他也同样如此。他们都代表了另一种截然不同的生活方式，不可避免地相互吸引。

最后，张小芽只笑了笑："我很想，只是，下一程的机票和酒店还在等待着我。"

旅行还要继续，而他只是过客。

他无奈地耸耸肩，却又低声说："我是认真的。"

无论真假，张小芽都会记住这个男人。在她最沮丧失意的时候，是他的主动搭讪、耐心陪伴，为她找回了些许自信，让她觉得，自己也许并没有想象得那么一无是处。

离开澳门的前夜，她带着兑换剩余的几百港币去娱乐场转了转，理所当然地输了个精光。可是她不再像以前那样患得患失、斤斤计较，反而有种如释重负的感觉。

就算现在输光一切，她已有了从头来过的勇气和准备——外面天高海阔，她所需要做的，只是尽情翱翔。

在某个赌桌上，她再次看见那个年轻英俊的混血男人，他是那桌的荷官。他向她点头笑笑，便继续沉着稳重地发牌。

张小芽也只是笑笑，便离开了。像诗里所说的，她没有带走一片云彩。

6 谁在你心中

旅行中的每一天都有新鲜事，张小芽也越来越快乐。白天到处疯玩，晚上回到酒店，她在小本子上奋笔疾书，却还是几乎赶不上自己的思路。

她有太多太多的东西想写，太多太多的感悟想倾诉。

不知道是不是外国人的审美真的与众不同，自认矮穷挫的张小芽竟然也有过好几次艳遇。在马来西亚，迎面而来的老外赞她"可爱"；

在菲律宾，潜水教练公然问她是否还单身……

张小芽的自信心几乎爆棚，恨不得冲上 QQ 对着周佳狂吼：你瞎得意什么？追老子的人遍布东南亚各国，比你帅比你温柔比你体贴……

然而她知道，自己永远不会这么做。

她仍时时想起他的好：上海鲜时，他会在她饕餮大吃前先挤好柠檬汁；郊外踏青时，他总走在靠车道的那一边……

以前的她，虽然留意到这一切，却自卑得不敢相信他对她有好感。

如今，张小芽对镜自照，镜子里的女人神采飞扬、聪明美丽。她不禁想，他有什么理由不爱上自己？

她决定背水一战，回国后第一件事就是找他摊牌——成就成，不成拉倒，她索性换个城市再战江湖。

总有一天，他会明白，失去她，是他所做过的最愚蠢的事。

结果，张小芽却没机会去实现这个计划。

7 爱，背水一战

把行李就地一扔，张小芽先打开了电脑。两个月不沾网络，可憋死她这位以前以网为生的宅女了。

刚上 QQ，就发现铺天盖地的闪屏信息，无数的同学、朋友问她去了哪里，为什么一点儿消息也没有。QQ 群里更讨论得热火朝天，关心她的人都伸长了脖子四处打听，唯恐她有什么不测。

周佳也是其中之一。他给她留了上百条信息，不光在 QQ 上，还有手机短信。

开始都是"死胖子，你去哪了，有时间回个话"，然后就变成了"别玩了，大家都很担心你，快出来冒个泡"，再然后，语气越来越紧张，终于有一条这样写着："无论你在哪里，希望你能收到这条信息。我想你，只想你能再次出现在我面前。"

他终于意识到了她的好。

张小芽又想哭又想笑，她想，他始终还是不够爱自己，所以才要等到失去才知道珍惜。

可是，人非圣贤，这趟旅行让她想通了许多事，其中最重要的一点，就是保持敢于尝试的勇气。所以，她决定再给他一次机会。

轻轻在对话框里敲下"我回来了"这四个字，然后发送。

张小芽起身刚给自己倒了杯水，手机就响了起来，是周佳。

她微笑地看着镜中的自己，接通了电话。

第二章

当爱已成往事，只留一城风絮

★ 分手公司

1 神秘委托人

女人坐在白阳的面前，熟练地跷起了二郎腿，然后从包里取出烟盒和打火机。

八角形的烟盒，淡淡的黄色，白阳一眼认出那是大卫杜夫一款名为 Gold 的雪茄，这让他对对方的身价基本有了个底。

发现他在望着自己手上的烟盒，女人故意摆了个询问的姿态："May I？"但在问这句话的同时，她已经若无其事地打开了烟盒。

白阳耸了耸肩，配合地将办公桌上的烟灰缸向她推了推："那么，有什么可以为您效劳的？女士。"

女人享受似的吐了口烟圈，换了个更放松的姿势靠在扶手椅上，蓬松的卷发自然而魅惑地垂在了胸前，整个人显得慵懒而又美艳。但她看着白阳的眼神却很锐利，令白阳情不自禁地想起了某种猫科动物。

"谈正事之前，我想先了解清楚，你们会完全遵守与客户之间的保密协议，是不是？"

"当然，我们会严格保守秘密，绝不泄露委托人的任何信息。"

"在公司内部也是如此？"女人追问了一句。

白阳怔了怔："您的意思是？"

女人轻弹了弹烟灰："我是说，负责不同项目的小组之间，是否也能完全保密？你知道，我可不希望自己的私事成为你们公司内部的谈资。"

这是一个挑剔的客户，白阳在心里下了定论。不过，以这女人的身价，他相信这绝对会是一笔大买卖，自己也应该尽力促成。

"我们内部也有保密条款，如果您不放心，可以把它列入我们的合同里。"

女人笑了笑，笑容里有些意味深长的东西，然后她悠悠地加了一句："对你的合伙人，也能滴水不漏吗？"

白阳脸上的职业笑容僵了一僵。

这家分手公司是他和何冰一起开的。他们俩从大学时起就是类似于闺蜜和哥们的异性好友，以至于身边人无数次想把他们撮合在一起。然而不知为什么，两个人的关系始终没有发展为恋人，结果就成了没有性别之分、无话不谈的死党。

开分手公司的原因也很无稽，那个时候两个人都单着，看见情侣就各种羡慕嫉妒恨，琢磨着怎么能合情合理又合法地拆散人家，最好的方法当然就是代替别人提出分手。后来发现市场上还真有不少此类需求，于是索性就做成了产业，口号也变成了"和平解散、无痛分手"。

对好友兼合伙人也保密，白阳心里觉得有些过分。

他还在犹豫，女人已经拿出支票簿，刷刷写了几笔，撕下丢到他的面前。上面的数字立即让白阳兴奋起来。

"如果你保证不让除我们之外的第三者知道这件事，并在限期内完成委托，这些钱就是你的。如果做不到，我现在就去找别人。"

白阳再看了看支票上的数字，这帮他下定了决心："成交！"

女人满意地微笑了起来，从皮包里取出一张照片："我要他们分手。"

白阳呆若木鸡地看着照片上的人——何冰，跟她的丈夫赵晓峰。

2 有所企图的接近

白阳做梦也没有想到，赵晓峰竟然偷腥。他也搞不懂那个年轻漂亮的富婆是怎么看上赵晓峰的，心甘情愿当小三不说，现在还要花大价钱拆散原配、自动转正。

开始时他很为何冰不值，一度考虑过要不要把真相告诉她，但这就违反了他与那女人签下的保密协议。后来他向那笔钱妥协了，开始认真考虑要用怎样的手段拆散他们。

根据多年的经验，无痛分手的最高境界就是两个人都移情别恋，巴不得早点分道扬镳，好过上自己向往的新生活——可谓兵不血刃、皆大欢喜。

白阳决定为自己的好友提供这样的一次优质服务。

但在选择任务人选时他又犯了难，左思右想，最后他对着镜子瞅了自己良久，终于决定亲身上阵。说实话，还有谁能比他更了解何冰，更有机会接近并介入她的生活呢？

从女人口中得知，赵晓峰偷腥偷得很技巧，一心扑在事业上的何冰完全没有察觉。而这也是令那女人不爽的原因之一：费力气掩饰，说明赵晓峰还不想跟何冰分手。

白阳很清楚何冰的个性，只要让她捕捉到点蛛丝马迹，她就有本事查个水落石出。但即便知道了丈夫出轨的事实，她也会顾及面子而隐忍下来，除非有人乘虚而入，在她最软弱的时候嘘寒问暖、表露爱意，才能让她下定决心离婚。

那天公司完成了一个大项目，白阳提议所有人去吃饭庆祝。饭桌上，何冰快乐得不得了，对白阳说："咱们俩合作简直就是双剑合璧，天下无敌！"

白阳耸耸肩："那是自然。"这在业内已经成为大家的共识，至今还没有他们搞不定的客户。

但之后何冰的表情忽然细微地变化了一下，她坐在正对窗口的位置，对面就是一家酒店，从包厢里能清楚地看见出入酒店的人。

白阳不动声色地喝了口酒。那女人通知他今天会带赵晓峰来这家酒店，弦外之音是让他好好利用，于是他有效利用了这个情报。

如他所预料到的，那之后何冰虽然表面上还跟往常一样，但开始有了心事。

有一段时间，她竟然做到了准时下班，这或许是为了挽救自己的婚姻而做出的努力吧。但是不久以后，她开始疯狂地加班。

白阳以前总是公司最后走的人，然而现在当他走出办公室的时候，总会发现何冰办公室的灯还亮着。他不失时机地过去慰问，起初何冰总是欲言又止，最后终于有一天，喝了很多酒的她把一叠照片丢给他，上面全是赵晓峰和那女人的合影。

看完那些照片的白阳，默默地将何冰揽在了怀中，于是这个坚忍而顽强的女人失态地哭了个稀里哗啦。白阳忽然感觉到了一丝心痛，于是小心翼翼地吻了吻她，连自己也不明白究竟是出于友情、爱情，还是单纯为了钱。

不论是出于何种原因，他们终于水到渠成地上床了。

3 温柔的谎言

事后，何冰决定跟赵晓峰离婚。

白阳忽然觉得这样挺好，何冰与其要一个对她不忠的丈夫，还不如跟自己在一起。毕竟他们相互之间是如此了解，而且自己也总不能一直这样单着。

跟何冰发展亲密关系，对公司来说也是一个利好消息，他们从合伙人变成夫妻，以后更能为了共同的利益而搞好公司。

离婚的整个过程充满了曲折。赵晓峰不知吃错了什么药，就是不肯在协议书上签字，就算何冰把私家侦探暗中拍摄到的偷情照片拍到他脸上，他还是死皮赖脸地企图蒙混过去。

最后，何冰铁了心搬出去，同时放话给赵晓峰：现在同意离婚的话，房子家产都不要他的，如果等到分居期满，自己绝对要他人财两空。

很了解何冰个性的赵晓峰坐在家里思考了几天，终于在离婚协议上签了字。

协议书快递到手的那一天，何冰在白阳家过夜。她从皮包里取出文件扫了一眼，有些黯然地说："净身出户，现在，我只剩下公司的股份了。"

"还有我。"白阳抱紧她，在她耳边温柔地说。

她看了他一眼，轻轻叹了口气，没有说话。

白阳的心里有点内疚，但他安慰自己，这样的解决方式对所有人来说都是最完美的。也许现在他和何冰之间还欠缺点爱，但是，什么爱情最后不都还是归结为亲情的一种——既然如此，他们间深厚的友情也同样能在岁月的磨砺后升华为亲情。

对现代人来说，这几乎差不了多少。更何况，他们还有一家共同的公司。

这笔生意白阳算是顺利完成了，只是兑现支票时出了点问题，他只有致电给那女人让她重新再签一张。

女人倒很爽快，当即约他见面，大笔一挥，给他重填了一张正确的支票。

白阳偷偷将钱转入自己的账户里，完成以后他松了口气。这就是整件事的尾声了，他以为。

4 尔虞我诈的真相

何冰怒不可遏地把照片拍到他桌子上时，白阳正做着跟她结婚的美梦，甚至都想到了把他们的公司打造成百年常青的家族企业，而他就是这个商业帝国里的王。

他瞪着那些照片看了一会儿，好半天没有反应过来。照片上正是他和那女人最近的一次会面，清晰度很高，偷拍的人肯定就坐在他们附近，连支票上有几个零都能数得出来。

"你竟然在我背后捣鬼？"何冰咬牙切齿，看上去恨不得生吞了他，"你竟然接受那狐狸精的委托，让我跟老公分手？"

白阳企图解释："你听我说，刚开始的确是这样，但是后来……"话说到一半他忽然醒悟了过来，张着嘴站在原地，像是不认识似的重新打量着她，慢慢地道，"你找人查我？是从什么时候开始的？"

何冰愤怒地瞪着他："从我考虑跟你在一起时开始。我已经失去了太多，我必须确定你绝对可靠。"

"你不信任我？"白阳有种受了侮辱的感觉。

"因为你不值得我信任。偷偷摸摸背着我接业务，甚至为了钱破坏我的幸福，亏我还把你当成最好的朋友。"何冰歇斯底里地爆发了，"你们男人都是混蛋，不是贪色就是贪钱！你想骗我到什么时候？是不是想干脆把我的股份也坑了？"

提到这个敏感的话题，两个人都沉默了下来。白阳已无力再解释什么，她根本就不信任自己，而自己的动机也未必有那么纯粹。

何冰深深地吸了一口气："我要跟你拆伙。"

被业界视为天作之合的他俩分道扬镳了，每人带走了一半的客户和业务。拆伙所带来的损失是难以估量的，公司的信誉、资金实力、业务规模都受到了很大的影响。

在一起的时候，他们是业内的龙头老大，而现在，至少有十家公司有资格跟他们竞争。但他们已完全不可能再合作下去了，因为，彼此心中都留下了深深的不信任的阴影。

许久以后，在一次酒会上，白阳碰见了那个第三者。她挽着另一个男人的胳膊，对他甜蜜而又意味深长地一笑。

白阳趁着那男人去取酒的机会挤到了女人的面前，有些尴尬地问起了赵晓峰。

"你不知道吗？"女人笑笑，"我接近他的目的就是为了让你和他老婆拆伙，既然任务已经达成，我当然不会再留在他的身边。"

白阳目瞪口呆地望着她。

女人有些怜悯地从皮包里取出一张名片递给他："你和何冰的合作实在太完美了，所以你们的竞争对手花大价钱雇了我。但是你们间的友谊深厚得令外人无法介入破坏，我只有从最薄弱的一环下手，那就是赵晓峰。"

说完，她转身翩然回到男伴的身边。

白阳低头看着名片：捷达商务咨询有限公司，为您提供企业拆伙服务。

他长长地吁了口气，脸上现出一个苦笑，将那张名片揉成一团，走出了酒会的现场。

★ 爱情迷局

1 用爱情布一个虚假的局

手机响的时候，我和老公正并肩靠在床上看电视。

虽然手机就在他那一边的床头柜上，但他就跟没听见似的，直到我推了推他，他才极不情愿地从被窝中伸出胳膊，拿起手机递给我。这个过程中，他的视线始终没有离开电视上的球赛画面。

我看了看来电号码，心中一跳，"腾"地从床上坐起来，披上外套，拿着手机就走出了卧室，直到客厅里才按下接听键。那边响起陈浩爽朗的声音："怎么样？打来的是时候吗？"

"正是时候，球赛看得我都快要睡着了。"我压低了声音，"今晚可以多聊一会儿。"

"OK，你想聊多久我都陪你。"陈浩毫不犹豫地道。

于是，我们开始天南海北地胡侃起来，时间不知不觉地过去。我正有些忘乎所以，忽然听见卧室那边有了响动，回头一看，老公正拿着茶杯走向厨房，看来是去倒水，但经过客厅时却狐疑地盯了我一眼，似乎很随意地问了句："谁打来的？都讲了快一个小时了。"

我急忙掩饰地开口："普通同事，有个很急的单子，我们正在讨论。"

他没有再说什么，径直走进了厨房。我则低声对着手机那端的陈浩道："他好像开始怀疑了。今晚就先聊到这里，拜拜。"

"晚安，做个好梦。"陈浩十分体贴地回答。

挂断电话，我若无其事地回到了床上。老公也很快回来了，却忘了把茶杯带回来，看来他倒水是假，借机偷听我打电话是真。

老公看看我，一副想说什么却又不知怎么开口的神情。我故意装作没看见，于是他默不作声地又看了一会儿球赛，但明显心不在焉，最后他终于忍不住，再次开口："刚才……"

我急忙打了个哈欠："已经这么晚了，我要睡了，明天还有好多事要做呢。"

不等他回答，我已钻进了被窝，背对着他躺下。

身后的他沉默了一会儿，轻轻地关了电视和灯，也慢慢躺了下来。

黑暗之中，很久都没有响起他的鼻鼾声，看来他仍在琢磨着陈浩打来的那通电话。我心里忽然有些小得意，心满意足地闭上了眼睛。

2 变心与否，怎样试探

和老公结婚已有三年，不知从什么时候开始，我发觉自己在他心中的存在感越来越弱。

　　以前跟前跟后、一口一个"亲爱的"，现在直接变成了"喂"；以前工作再忙，也要忙里偷闲发几条短信慰问撒娇卖萌，现在就算出差半个月见不到面，也不会主动打个电话回来报平安。

　　人家都说七年之痒，我们离七年还远着呢。老公的变化令我有些恐慌，他是不是已经不再爱我了？再这样下去，我们会不会也跟其他的许多对夫妻一样，貌合神离、形同陌路，最后只能以分手收场？

　　我想过直接追问老公还爱不爱我，但相信没有一个已婚男人会傻到说不爱。就算他给了我想要的答案，我怎么知道那是他的真心话，还是单纯为了敷衍了事？

　　最后，我终于想到一个办法来确认他对我的爱情还在不在，那就是制造一个有别的男人在追求我的假象。如果他仍然视而不见，就说明他早已不把我放在心上；如果他能及时察觉并感到紧张，则表明他仍然很在乎我。

　　我开始经常性地"加班"，以前按时回家照顾老公起居饮食的我，这段时间每天都是晚上十点后才到家。

　　这还不算。

　　我找了同事陈浩跟我合演这场戏，我让他每天晚上十点半左右给我打电话，每次一聊起来至少一个钟头。我还故意装得神秘兮兮的，躲在老公听不到的地方偷偷跟陈浩通话。

　　就这样，我的计划正式实施了近两周。

　　老公终于像是察觉到了些什么，开始有意无意地问我都在跟谁打电话，还会在我和陈浩聊天时找各种机会经过偷听。

　　这让我感到了几分欣慰，至少，老公还是在乎我的。

3 掩饰还是坦白，这是一个问题

快下班的时候，老公难得地打了个电话给我："忙完了没有？我下班过去接你怎么样？"

我高兴得心"怦怦"直跳，总算又找回了点恋爱时的感觉。但为了不与这段时间营造出的繁忙假象相冲突，我故意考虑了一会儿，才装作勉为其难地答应了他。

放下电话后，我依然难掩心中的喜悦，迫不及待地想要找个人分享。思前想后，我拨通了陈浩的手机，先感谢他这段时间陪我一起演戏，接着告诉他老公对我的态度已经发生了改变，说明他心中还是爱着我的。既然实施这个计划的目的已经达到，现在也该中止它了。

陈浩沉默地听我说完，这才笑着说："没事就好，恭喜你，以后两口子和和睦睦，别再想那么多了。"

我不好意思地点点头："这次真是麻烦你了，幸亏你没有女朋友，不然我老公还没开窍，你家里就打翻醋坛子了。"

他呵呵笑了两声，听上去有些尴尬，忽然又问："你老公要是追问这几天的事，你打算怎么办？"

"还能怎么办，实话实说呗。"

陈浩立即严肃地开口："千万不要。你真不了解男人的心理，你先是无缘无故地怀疑他对你的感情，接着又伙同我这个外人布局欺骗他，如果让他知道了整件事的来龙去脉，他的面子还往哪里搁？以后他的心里更会多一根刺，我劝你多一事不如少一事。"

陈浩的话让我心惊胆战。

婚姻本来就是建立在相互信任的基础之上的，我这么对老公疑神疑鬼，他知道了不生气才怪。先前的一肚子得意顿时飞到了九霄云外，我弱弱地向陈浩请教："那我该怎么办？"

"告诉他一切正常，前段时间每天晚归确实是在加班，打电话也真是在讨论工作，就像你之前跟他解释的那样。"

陈浩说的有道理，事已至此，现在我能做的就是一口咬定什么都没有发生。反正我们的计划已经中止，从今天开始生活又将恢复正常，就算老公之前有点什么怀疑，时间长了自然也就烟消云散。

所以，当天晚上，当老公接我到一家我喜欢的餐厅吃饭时，虽然他旁敲侧击地问我最近是不是碰到了什么麻烦，还苦口婆心地表示我们是两夫妻，有任何事都可以说出来一起分担，我还是什么都没有告诉他。

"我真的没有碰到任何麻烦，是真的。"我凝视着他的双眼，真挚地强调，"我爱你。"

老公看了我一会儿，终于移开了视线："没事就好。吃饭吧，不然都凉了。"

后来我才明白，这种时候强调"我爱你"简直就是做贼心虚、自寻死路。

4 不该拿来检验爱

风平浪静的日子没过上两天，老公就沉着脸质问我是不是在搞外遇。

我当然一口否认。

可是老公却拿出了我的手机，翻出通话记录，指着上面陈浩的手机号，没好气地问："这个号码，你每天跟他都要联络上十次，每次通话时间都超过半小时，有什么重要的工作需要你这样？"

我呆若木鸡，他竟然趁我不注意偷看了我的通话记录？这些天来，他表面上若无其事，其实心里一直装着这件事，现在因为找到了这所谓的证据，就开始跟我摊牌。

我意识到了事态的严重，当下一五一十地向他坦白了这件事的始末，拼着让他气我小题大做、设局骗他，也不能让他真以为我有了外遇。

谁知我好说歹说，他就是不相信，反而冷笑着开口："这套说辞是你早就编好的吧？我虽然傻，但还没傻到这种程度，连老婆变了心都不知道。

这些天来，你的心根本就不在我的身上，每天都心神不宁地等这家伙的电话，跟他聊天的时候笑得跟一朵花似的，我们以前谈恋爱的时候也没见你这么开心过！演戏，你有这么专业吗？既然你觉得我配不上你，那好办，我们离婚！"

他越说越气，把门一摔，就跑了出去。

他最后的那句话像是晴天霹雳打在我的头上，等我回过神来慌张地追出去时，早已不见了他的影子。再打他的手机，他一看是我的号码，就直接挂断。

我六神无主、坐立不安，最后忽然想起了陈浩。是他帮着我演了这出戏，现在老公竟然信以为真，如果让陈浩耐心地向他解释清楚，也许事情还有挽回的余地。

接到我的求救电话，陈浩答应得很爽快，他记下了老公的电话号码，告诉我一定会想办法让我的老公了解真相。

那天晚上我整夜没睡，回想着事情的前因后果，对自己所想出的这场闹剧不住地后悔。老公之所以这么生气，我想主要还是因为他仍然爱我，只要我们能过了这一关，我发誓以后绝对不再拿这种事情开玩笑。

5 弄假成真，当局者迷

最终，老公完全不肯相信陈浩的解释。他反而认为，这是我外遇的男人在落井下石、向他示威，更坚定了他离婚的决心。

我死活不肯，老公索性收拾东西搬去了公司宿舍。

在离与不离的漫长拉锯战后，有一天我对着冷冷清清的四面墙，忽然意识到这里早已不再是我的家。没有了爱我的男人，没有了欢声笑语和浓情蜜意，它充其量只是一套公寓罢了，我为何还要对它苦苦留恋？

我平静地在离婚协议书上签了字，第二天也搬了出去。曾经的家，对我来说已成为徒留伤痛的回忆，我只能暗劝自己向前走、别回头。

在这段最黑暗的日子里，陈浩似乎觉得他也有些责任，所以一直陪伴在我的身边。某天，他酒后吐真言，告诉我他一直暗恋着我，希望我能给他一个机会。

那时，我不知为何心中一动，竟鬼使神差地追问："这件事，你有没有告诉过其他人？"

他醉得分不清东南西北，含糊不清地说："你老公，他也知道……"

我的心忽然沉入了无底的深渊。

我一直以为是老公太固执才不肯相信我的清白，可是，如果当时陈浩果真说了一些落井下石、含沙射影的话呢？

我终于发现自己是个愚蠢的女人，本来美满幸福的家庭，只因我的无端猜疑而变得支离破碎。

我怨不得任何人，包括陈浩。也许他原本只是默默而无望地暗恋着我，却因为我将他拉入这个爱情迷局，而让他嗅出些许希望的味道，最终做出了自私的决定。

我悄悄离开了这个城市，没有告诉任何人。那两个男人，我都不想再见了。

★ 幸福，曾触手可及

1 EMBA 班的那些事儿

学期结束的聚会上，我喝高了，以至于散席时差点没找着出口。几个男同学还起劲吆喝着通宵玩牌，我摇摇头拒绝了——再不回房间找个马桶吐出来，我铁定要在众人眼前出丑。

他们又去动员别人，整个场面闹哄哄的。

这时有个女同学过来搀了走路歪歪扭扭的我一把，顺便将一张酒店房卡塞进我的口袋："你把房卡弄掉了，我刚在那边捡到的。"

我含糊地说了声"谢谢"，等进了电梯才忽然想起她是许薇，酒顿时醒了一半。我摸出她刚塞给我的房卡，仔细看了看，果然在其中一面的角落里，发现了用圆珠笔写下的数字：1208。

再将手伸进另一边的口袋，自己的房卡好端端地留在那里。瞬间，我明白了许薇的暗示。

EMBA开班的第一天，许薇就吸引了所有男学员的目光。她二十七八岁的年纪，穿着一袭深V领的连身裙，面容姣好，身材火辣，站在一群已有些发福谢顶的中年男人里格外扎眼。

整个开学典礼上，不少人都在暗暗打量着她，猜测她的身份。能拿得出几十万的学费来上这个班的，不是老板就是高管，而且以男性居多，偶尔有几个女学员，基本上也是四十岁上下的半老徐娘。像许薇这样的年轻姑娘，真的很少见。

上过几次课后，大家都熟了起来，即使不上课，私下里有时间也会约着碰个面聊聊天。说白了，EMBA只是个平台，来的人基本都冲着那良好的人脉圈子，混得好自然就如鱼得水、事业兴旺。

我也参加过几次这样的小聚会。都是男人，话题自然离不开金钱和女人，说着说着就扯到了许薇身上。

开始时，大家都怀疑她是某位大佬圈养的金丝雀，因为实在太无聊才会报读EMBA。但这个猜测很快就被推翻了，难以想象一个开着路虎满街跑的女人会是别人的附属品，而且每次开课，她都是独来独往，看上去不像有男人。

后来不知是谁传出来，她爸爸是个新加坡富商，准备把生意拓展到中国，所以先派她过来考察市场。反正她有的是时间和金钱，就报读了EMBA，还成了好几个高档俱乐部的VIP会员。

"这不像是来考察市场，简直就是来选婿的。"有个男同学忽然暧昧地开口，其他人顿时都意味深长地笑了。

那时，我的心微微一动。

这期的男学员中，大部分都是已婚的中年男人，像我这样的单身才俊寥寥无几。如果这玩笑是真的，我的胜算无疑最高。

唯一的问题是，我已经有女朋友了。

2 青葱岁月的爱情

我和苗苗认识了十二年，真正在一起的时间却只有一年半。我们是大学同学，然而在学校的那几年，我们却没打过几次交道。

那时候的我因为家境贫寒，每个学期都必须打上好几份工才能攒够生活费和来年的学费，根本没有多余的时间考虑其他事情。

班上的女生中，苗苗给我的印象比较深。她不像其他年轻女孩子总是热衷于化妆品或追明星，而是认真地读书上课。每次我骑车去打工的时候，总能在校南门前的草坪上看见她，她素面朝天，心无旁骛地看着手上的书本，在蓝天白云的映衬下无比美好。

她那求知若渴的态度，令我产生共鸣——只有像我这样一无所有、未来全靠自己的人，才能体会时间的可贵、知识的分量。我不禁猜测她是否也同我一样，来自某个偏远的山村，柔弱的双肩过早地承担起生活的重负。

我对苗苗很早就有了好感，可当时的我却不敢表白。我不希望喜欢的人跟自己一起挨穷受苦，那只会让我更难过。

大学四年，我就这样忙碌着学习和兼职，同时在远处默默地注视着她的身影。

毕业后，我攥着四年打工积攒下的一点钱，注册了自己的 IT 公司。刚开始只租得起巴掌大的一间小办公室，我一个人忙里忙外，晚上直接在公司打个地铺，什么样的苦都挨过。

慢慢地，生意上了轨道，公司的规模也一天天扩大。到第六年，我已经进入千万富翁的行列。就在那时，我再次遇见了苗苗。

那是在业内的一个研讨论坛上，茶歇的时候我忽然在人群中认出了那个熟悉的身影，心脏顿时激动得怦怦直跳。试探地喊了一声，果然是她，而且在回头的那一刹，她也立即喊出了我的名字。

如同她曾留给我那些美好的记忆，原来我在她的心目之中，也并非是可有可无的路人甲。

我们开始约会。

苗苗是个很容易满足的人，只要是跟我在一起，去任何地方、做任何事情，她都会很开心。我们会在看完晚场电影后坐在路边摊吃碗热气腾腾的麻辣烫，也试过骑着自行车跑到郊区放风筝。

我似乎又找回了久违的青葱岁月。

我认定苗苗就是我理想的妻子人选。在交往一年半后，我开始酝酿着向她求婚。

然而在那之前，国际金融危机忽然爆发，我的公司也随之陷入困境。为了拯救我一手建立起的事业，我想了各种办法，连名下的房产和车辆也全抵押给了银行，但却仍然不够用。

EMBA 的学费早已交给了学校，我唯有打肿脸充胖子继续上课。同时，我的心中还存了一个念头，如果能在同学中拉到风投，公司就可以起死回生。

拉风投的计划并没有想象中顺利，所以当听说许薇是代父亲考察中国市场的时候，我的确有些心动。但我不愿背叛苗苗，其他男同学都对许薇展开了猛烈的攻势，我却没有任何行动。

今夜，许薇忽然塞给我一张房卡，让我不禁产生了些微的动摇。

3 一念之间

捏着那张房卡坐了很久，我终于决定先跟许薇见个面再说。

来到 1208 号房前，我先试着敲门，却无人应答。已是深夜，四周很静，如果再敲下去，说不定会引起别人的注意。犹豫了片刻，我有些做贼心虚地拿出许薇给的房卡刷开房门，闪身进去。

许薇的胳膊瞬间就缠在了我的脖子上，她的唇舌带着成熟妩媚的香气，猝不及防地侵袭了我。那是同苗苗在一起时完全两样的感觉，危险、邪恶，却又充满着诱惑。

我不是圣人，想到这个被同班许多男学员捧在手心的女人唯独选中了我，比白手起家还要强烈得多的成就感油然而生。然而刹那的迷乱过后，我忽然想起了苗苗，这唤醒了我脑中残存的些许理智，我一把推开了许薇。

她美丽的大眼睛里现出迷惑的神色，就那样含情脉脉地瞅着我，淡淡的香水味撩得我心有些痒，但我还是咬了咬牙："对不起，我不是你所想的那种人。"如果她只是想找个床伴，那未免找错了人。

许薇凝视着我，从这么近的距离望着她，我才发现她真是美得惊人，明明已经卸了脸上的妆，她的肌肤却仍然白里透红、充满光泽，这就是所谓的天生丽质。她微笑了一下，手轻轻抚上了我的脸："我知道，所以我才会选中你。"

我的心跳节奏忽然快了半拍，没有勇气再躲开她的手，只是有些迟疑地看着她："你的意思是……"

"我需要有个信得过且能干的男人在身边，帮我管理我爸爸在中国的生意，而你是最好的人选。"许薇直言不讳。

我的心跳得愈发快了。

如此说来，只要我决定跟她在一起，她父亲的雄厚资本就会成为我们抢占国内市场的坚强后盾。到那时，别说我的公司能够扭转眼前的困境，就算再扩大几十倍规模也不在话下。

我绝对没有想过要抛弃苗苗，这一点儿直到现在我仍无比确定。然而，当一个能挽救我一生事业的机会摆在面前，许薇又确实是个能勾起男人原始欲望的尤物，我心中情感的天平瞬间就倾转了方向。

4 触手可及的幸福

事后，我认真考虑过自己同许薇和苗苗之间的复杂关系该如何解决。

我想得很简单，先瞒着苗苗跟许薇交往，等到她父亲的资金进入我的公司，再找个借口跟许薇分手。苗苗那么单纯，只要我掩饰得够好，她一定不会察觉，仍然会幸福无比地披上嫁衣，当我心爱的小妻子。

我曾答应过要把最好的东西给她，要她过上无忧无虑的生活，所以我这样处心积虑地讨好许薇，不仅是为了自己的事业，更是为了我与苗苗的将来。

这不是背叛，而是善意的欺骗。我这样安慰着自己。

然而第二天晚上，当我风尘仆仆地赶回家时，苗苗已经离开了，留给我的是一封信和一张光碟。

光碟只放了几分钟我就脸色剧变，因为里面的视频文件正是我和许薇在酒店房间里的缠绵画面。急忙拆开苗苗的信，我几乎是大脑一片空白地读完了它：

"跟你在一起的时候，我真的很幸福。虽然身边的人都说我太单纯，容易被男人欺骗，可是我相信无论贫穷还是富贵，我们都能够一起走下去。

"几个月前，我跟家里人说想跟你结婚，怕我受到伤害的他们特地找人调查了你的情况，结果发现你的公司正面临破产。我想你还不知道，虽然我出生于福建的一个小山村，但我的父亲却是拥有几十亿资产的企业家，我们家的人至今仍然保留着勤俭朴素的作风，这只是一种习惯。

"当知道你的困难时，我恳求父亲帮你一把，然而他却决定先对你进行一番考察。他雇了那个女人进入 EMBA 班，之后发生的事情我想你比我更清楚。我没有想到他们是对的，你或许确实是爱我的，然而你更爱你的事业。

"我曾幻想你我之间存在着没有杂质的爱，即使一无所有，也能一起笑着面对。无情的事实让我明白，那个人并不是你。再见，或许应该说，再也不见。"

我颓然坐倒在沙发上。

曾经有那么一个瞬间，真正的幸福与我触手可及，然而我却做出了错误的决定。如果时间可以倒流，如果我可以重新选择，如果……

可惜，这个世界上没有那么多的如果，而我也只能面对失去。

★ 谁是你的天使

1 七年之痒

笔尖在纸上沙沙地划过，好半晌，魏波才发现在自己的无意识之下，那张设计图变得似乎涂鸦般可笑。

客厅里电视的声音隐约地传来，或许是因为夜的静谧而显得格外刺耳，让他恨不得冲出去找个因由跟她大吵一架。

越是想压抑住内心的烦躁和愤怒，那噪音在潜意识里就越发地吵到他无法容忍的地步。

他终于"啪"地把笔向桌上一摔，沉着脸走出书房，伸手从衣帽架上取下自己的外套。

"我去工作室。"

那一刻，他似乎还有着一点点隐约的希望，希望她能够抬头看自己一眼，问一句为什么这么晚还要去工作室。

她仍然紧盯着电视，荧幕上虚伪的格格皇子们正煽情地哭叫喊闹如疯癫，而她看得头也不抬，似乎压根就没有听见他的话。

他强压住心头的怒火，走出门去。在微凉的夜风之中，满腔的怒火忽而转成了悲哀。

记得玛丽莲·梦露的一部电影叫作《七年之痒》，是不是每对夫妻都逃不过这一天的来临？算算从大学相恋到结婚再到现在，与她也一起走过了六七年的岁月，然而最初的感情却在这期间不知觉地变了质。

那一天，他忽然心血来潮，悄悄记下了他和她一天之中曾有过的交谈次数，结果连他自己都不敢相信。

零！竟然是零，如果不把那些敷衍了事的"哦、啊"这种回答算在内的话。

他们的关系何时变成了如此的冷漠？热恋时的如胶似漆，现在觉得那简直不像是曾经真实发生过的事情——那时候，她说他就像是她的空气一样不可或缺、无处不在，而他总叫她为他的天使……

哼！他在黑暗中自嘲地一笑。

空气！现在的他的确就像是空气一样，即使整天都在她的面前晃来晃去，她也可以做到视而不见。无处不在，其实也就是哪里都没有存在。

夫妻到了这种地步，已经不是可以用"可悲"来形容了，是可怕。

他叹了口气，加快脚步，向着工作室走去。

2 他的天使

工作室仍然亮着灯，魏波看看表，已经是凌晨一点四十二分，心里不由得多了几分萌动。

取出钥匙打开门，一双手臂如水般轻柔地环上了他的颈项，鼻端嗅着了淡淡的兰花香味，若有似无。

他轻轻握住那双手："为什么还不睡？"

"我觉得，你可能会来。"欧梅在他耳边调皮地吹气，然后小鹿样跳上了他的背，"背我进去。"

这是属于年轻人的调情方式，好似又回到了他的学生时代。那时候，他还什么都没有，仅能用自己的双手，用最廉价的劳力，来取悦心中的天使。

阴郁的眉头刹那间舒展开来，他背起她向里走。

半年前，欧梅来到工作室应聘的时候，正是他和李音的婚姻陷入那可怕低谷期的第三年。分不清究竟是谁先诱惑了谁，是谁先追求了谁，在他最寂寞茫然的时刻，欧梅的出现就像是天使展开了双翅，引导他从痛苦走向天堂。

为什么要跟他在一起？明知道他无法给予她任何承诺。

"只要能和你在一起就可以了——只要能在一起，即使有一天你厌倦了，我也只会静静地离开。"

任何一个男人听见了这样的回答，都会忍不住爱上说这句话的女子。魏波也不例外。

他开始以工作忙为借口，不定期地留在工作室过夜。工作室隔开的那一间房，几乎被布置成了家一样的感觉，而他已很久没有过这种惬意放松的生活。

有时候他甚至怀疑，工作室和李音所在的那个地方，究竟哪个才是真正意义上的"家"。

看着欧梅兴奋地在他们的那间小屋里添置各种小玩意，精心地布置和摆设，他有时会忍不住有些歉疚。

"明知道我无法给予你任何承诺，为什么还要如此苦心地经营？"

她晶晶的双眸转向他："你不知道吗？任何一段感情都是需要苦心经营的，即使会结束，至少在当时，要留给自己最美的回忆。"

就是如此吗?

他只能紧紧地拥抱住她，同时可悲地想到，或许自己和李音的爱情，便是因为彼此没有能够苦心经营，才最终走上了僵死的道路。

他悄悄地把家里的一把工作室的备用钥匙藏了起来，单纯只是出于做贼心虚的心理，却没有想到，就是这个小小的举动出卖了自己。

3 倾 斜

情人节的当日，他收到李音的一条短信:"今天打算怎么过?"

早在一个月前，他就已经想好了要给欧梅一个难忘的情人节。可笑的是，当他策划这个节日的时候，根本就连一秒钟也没有想到过自己的妻子。

微微犹豫了一下，他回复了短信:"对不起，今天有重要的客户催着要设计图，可能无法赶回去。"

回信很快就来了:"哦。"淡淡的，似乎没有一丁点情绪的起伏，就像他在家中所面对的她这个人。

为什么她会忽然想起问他这个情人节的安排? 他没有多想，也许只是她一时心血来潮罢了。

那个情人节之夜，他和欧梅过得很开心。他留在了欧梅家，第二天才回工作室，仍然还带着狂欢一宿的醉意。

而李音，却给了他一个更可怕的惊喜。

他进门的时候，李音正环顾着他和欧梅偶尔会留宿的爱巢，表情冷冷的，而他一怔之下，竟然想不出任何的借口来解释。

"难怪你要把放在家里的工作室钥匙藏起来。"李音冷冷地开口，平静中却让他感觉到可怕。

"我是……陪客户，喝多了点，所以直到现在……"

他口袋里的手机响了一声，是短信。就在他还僵硬地站在原地的时候，她忽然猛虎一样扑过来，从他口袋里夺去手机，扫了一眼上面的信息，脸色变成铁青。

"昨夜是我最难忘的一个情人节，谢谢你。"

一切再也无法隐瞒下去，接下来完全是一场噩梦。

李音疯了似的拨通欧梅的电话，要求三个人当面把话说清楚，而他完全傻在了一旁，由着两个女人主宰全局。

欧梅竟然来了，由着李音大骂和数落，她只是委屈地哭着反复说："对不起，我是真的喜欢他，只希望能够和他在一起，我并不想破坏你们的家庭……"

她那种委屈的样子让他看了很痛心，而李音的撒泼和数落更让他不厌其烦。或许，他心中的天平就是在这一刻，微微向着欧梅这边倾斜了。

4 隐形战争

"当时你为什么要来呢？"事后他偷偷地约出欧梅，不解地问。明知道来了就会陷入尴尬的境地，会受尽辱骂和委屈，她为什么还要这么做？

"如果我不去，你的处境更会艰难吧？"淡淡的一句回答，欧梅的脸上仍然还带着笑。

他的心猛然抽痛了一下，握紧了她的手。

他起了离婚的念头，但最突然的是，他和李音的儿子偏在这个时候诞生了。

于是，一切又重归于零。

他像一个好丈夫和好父亲那样赚钱养家、抽时间陪陪家人，同时，他也仍然和欧梅偷偷地交往。

欧梅说想要继续念硕士，他为她支付了所有的学费，并且为她在那个城市租了一套公寓。他会经常飞去那个城市与她短暂相聚，而告诉李音他只是出差。

他不知道李音究竟知不知道自己与欧梅的关系仍然还在继续，只是他和李音的关系，仍然处于那种不冷不热的状态之中，没有丝毫改善。

日子就这么平静地流过，从他和李音结婚到现在已经是第八年，从他认识欧梅到现在是第五年。

欧梅硕士毕业那个月，他和她买好了机票一起去巴厘岛度过了浪漫美好的一周，然后他对欧梅说："我要离婚。"

她平静地望着他："你知道，我并不想逼你为我做什么。"

"我欠你一个承诺，我无法再继续这样的生活，我要给你一个名分。"如果一个女人，肯把她生命中最美好的那段年华都无怨无悔地给了他，那么，他还有什么不可以舍弃的?

每个人还是会拥有一个属于自己的天使，他曾经选错了，而现在，他想要重新抓住自己的天使。

5 我不是天使

李音曾经以为，儿子可以让她和魏波那已经失去活力的婚姻恢复原状。他的确像是安分了一段时间，可是她没有想到的是，他从来就没有同那个叫欧梅的女人断绝过来往。

她把私家侦探交给自己的那叠资料偷偷藏好。他出钱供那女人上学，他偶尔会飞去那个城市与她小聚……算了，这些她都决定睁一只眼闭一只眼，因为她仍然想维系这段婚姻。

所以，当魏波向她提出离婚的时候，她理所当然地拒绝了。否则，自己这些年来的隐忍又有什么意义？

但魏波说出了一段让她感到可悲又可笑的话来："知道别人有老婆还跟他在一起，一年两年是作风问题，三年四年是道德问题，五年六年就是爱情问题了……我们是真的相爱，你就成全我们吧。"

听到这句话，当时李音就呆住了。是不是现在的人都是如此无耻，即使是一件完全错误的事情，也可以找出最理直气壮的理由来支持？

她不明白，如果那个女人跟了他五年是爱情，自己呢？自己和他在一起足足有八年，家里大小的事情从来就没有让他操过心，儿子也是自己一手带大。即使知道他曾经不忠，自己也仍然等待着他，希望他有回头的一天。

不是因为爱情，自己这般牺牲又是为了什么？

而他，可笑地叫她成全他们的爱情。

她想起朋友的话："变了心的男人就像已经不合尺码的衣服，与其勉强留在衣柜中看了让自己难过，不如爽快地丢弃。"

"好，我答应离婚，但条件是……"李音冷冷地开口。既然已经失去了人，那么至少，她要拿回陪他一起辛苦创业至今的财富。

她从来就不是他的天使，那么，何不就像恶魔般榨干他的一切？

6 谁配得到

得到了自由的魏波一身轻松地向着自己的工作室走去。虽然现在的他算是一无所有，但是金钱会有再赚回来的一天，最重要的是，他找到了自己真正想要的爱情。

工作室里静悄悄的，一个人也没有。他有点困惑，欧梅不是应该在这里等他的吗？

桌上的一串钥匙和一封信吸引了他的注意，钥匙是他配给欧梅进出工作室用的，上面被她串上了一条精美的配饰。

"事实上，我并不想要和你结婚，因为我爱的是其他人。同你一样，我也周旋于两个男人之间，有时候或许会更多——我需要有人为我支付高额的学费，也需要有人为我承担生活的费用，然后我遇上了你。

"这是一场苦心经营的感情，我用五年的时间换回了自己的将来。现在，我将和我的恋人结婚，并且离开这个城市。最后，或许还应该对你说一声，谢谢。"

就这样云淡风轻的几句话，对于他却无异于晴天霹雳。苦笑着坐倒在了沙发上，他茫然地望着房中的一切。

曾经以为，五年的时间足以考验一场真挚的爱情，可是现在他才忽然想到，自己和李音的婚姻又何尝不是维系了八年之久？

温柔、爱慕、体贴、关照……原来一切都有可能是假象，一切都有可能是骗局。

然而，他却没有资格去指责别人。既然他可以毫无责任地抛弃自己的妻儿，为什么别人就不可以同样抛弃他呢？

这个世界上，没有谁必须是谁的天使，没有谁必然担负那救赎谁的重任。

魏波颓然地坐着，忽然之间，他终于意识到，自己已不再是当初那个意气风发的少年，而只是一个开始有些发福、每天会掉许多头发的中年男人。

而这个男人，更已失去一切。

★ 秘　密

1 偏头疼

李冉的偏头疼这段时间越来越严重，让她整夜整夜地难以入睡。精神一差，连带着她的脾气也变得暴躁起来，特别对自己的老公王夕更是横看竖看不顺眼，隔三差五地因为一点小事跟他大吵一场。

偏偏王夕逆来顺受，不管她怎么无理取闹，照旧对她体贴入微。

当初租房时为了让她能就近上班，导致王夕每天要多花四个钟头的时间在上下班的路上——天不亮就起身，晚八点以后才能到家。即使如此，每天李冉起床后，总能在微波炉里发现他准备好的早餐，让她再也气不起来不说，反而更多出了几分内疚。

这天又是如此。

头天晚上两个人又吵了一架——说是吵架，其实只是李冉一个人在不停地数落王夕。

他人老实，遇事总是退让，不晓得争取，公司里那些资历和技术远不如他的人都接二连三升职加薪，只有他几年如一日地坚守在基层岗位上，害得他们家总是入不敷出，连出去吃顿大餐都要思前想后犹豫好久。

王夕被李冉数落得闷声不响，末了见她说得口干，还泡了一杯胖大海放在她手边，气得李冉哭笑不得，只能就此作罢。

早晨起身，微波炉里照旧放着准备好的早餐。

李冉对着早餐愣了一会儿，忽然又烦躁起来，猛地关上了微波炉门，空着肚子去了公司。

忙了大半个上午，李冉的心情刚刚平复了些，周晋的短信却又到了："那件事你考虑得怎么样了？"

她呆呆地看着短信，犹豫了很久，才按下回复键："让我再想想。"

周晋的回复很快："既然迟早要说，早点说，伤害也会少点。"

李冉的头再次隐隐作痛。其实，这段时间以来她的反复无常、无理取闹，真正的原因只有一个：她想跟王夕离婚。

2 突然的变化

第三者就是周晋。

他是李冉的初中同学，但从升上不同的高中以后就没再联系。直到一年前，李冉的部门空降了一名海归主管，结果在第一次的见面会议上，他们就惊讶地认出了彼此。之后，他们经常在一起喝茶聊天，一来二往，竟然擦出了爱情的火花。

周晋跟李冉说过好几次，让她尽快跟王夕摊牌，省得再这样偷偷摸摸。然而，虽然李冉想方设法找各种理由跟王夕吵架，但一个巴掌拍不响，面对着他那张无辜至极的脸，"离婚"这两个字不知怎么就是很难说出口。

李冉无声地叹了口气，用力按住了太阳穴，强迫自己别再去想这些烦心事。

直到晚上，偏头疼仍在继续。除此之外，李冉还开始了剧烈咳嗽，咳得她简直想呕吐。

王夕关切地开口："这些天你吃不下饭睡不着觉，人都消瘦了。我看明天你还是去医院检查一下，赵小珊不是在第一人民医院吗？我给她打个电话，让她关照一下你。"

赵小珊是李冉的高中同学，在上海的同学中，她们联系得最勤，所以连王夕也认识她。李冉想叫王夕别为这点小事去麻烦人家，但看着他一脸认真地按着电话号码，却又沉默了。

第二天一早，李冉就去了第一人民医院，赵小珊热情地接待了她。等化验结果的时候，她拉着李冉聊了好多事情，但拿到化验报告时，她的表情忽然有了变化，一言不发地翻阅着化验单。

李冉心里"咯噔"了一下，小心翼翼地开口问："怎么，有什么大问题吗？"

赵小珊一愣，连忙挤出笑容："不不，有几项结果稍微有点异常。这样吧，为了保险起见，你留下来再多做几项检查。"

接下来，李冉开始抽血化验、尿检、X光……几乎她能想到的所有检查都做了个遍，这让她隐约感觉到自己得了什么很严重的病。

最后，赵小珊拿着厚厚的化验报告走了进来。一看她的表情，李冉的心就凉了大半。

赵小珊尽量用李冉能听得懂的医学术语做出解释，并让疾病听起来没有那么可怕。然而，她的长篇大论落到李冉的耳朵里时，只剩下了沉甸甸的两个字：肝癌。

李冉不知道自己待了多久，等回过神来的时候，发现王夕竟然赶到了医院，看来赵小珊第一时间通知了他。

她看着王夕疯了似的追问赵小珊，忽然想到：如果王夕知道自己背着他有了外遇，还会不会这么紧张？到时候，说不定他还巴不得自己早点死。周晋呢？如果他知道自己得了癌症，还会像他说的那样爱自己吗？

王夕却正在对赵小珊吼着："难道就没有办法治疗？难道就只能这样等死？"

赵小珊犹豫了一下，脸色沉重地开口："目前的医疗手段普遍采用化疗，但是过程很痛苦，而且无法根除癌细胞。最有效的方法是做肝移植手术，可是一时间上哪去找愿意捐赠的人呢？"

"我！"王夕吼出石破天惊的一声，紧紧抓住了赵小珊的肩一阵摇晃，"把我的肝切一部分给她，越快越好！"

李冉和赵小珊都惊呆了。

3 有口难言

在王夕的再三坚持下，赵小珊只得遵照他的意愿给他安排了检查，结果表明，他的肝完全适合移植给李冉。

得知这个消息，王夕高兴坏了。李冉的心中却五味杂陈，婚外情的秘密沉甸甸地压在她的心头，让她觉得自己十分卑鄙。

赵小珊再次走进病房，四顾无人，她表情严肃地坐在了李冉的床边，忽然问："你是不是想跟王夕离婚？"

李冉吃了一惊。

从她的表情里，赵小珊知道了答案，于是叹了口气："从你的身体里检测出避孕药的成分。我记得他一直都很想要小孩的，然而你却偷偷服用避孕药……这说明你们的感情出现了问题。"

李冉沉默了一会儿，苦涩地道："本来是这样，可是现在……"

"唉……"赵小珊再次叹了口气，"家家有本难念的经。不过你知道吗？正是因为你长期服用避孕药，才使你本来就不太好的肝脏增加了许多额外的负担，最终演变成这样的结果……幸好他肯捐一部分肝给你。"

李冉忽然很难过："我不能要他的肝，这样对他不公平……"

赵小珊睁大了眼睛："你疯了？现在才想告诉他？如果他不肯捐肝给你，你会在一年之内死去，你真的愿意这样？"

李冉沉默了。

与王夕一起被推进手术室的时候，一直积累着的罪恶感终于压垮了李冉，她忍不住向王夕道："等一等，我有话想跟你说。"

王夕温柔地向她望来："我们都会没事的。"

李冉知道，如果自己现在不向他坦白，以后就再没有机会了，自己将欠他一份天大的恩情，而这份还不清的情债将使她再也不能离开他。

她再次张了张嘴，想向他坦白一切，可是赵小珊及时察觉了她的意图，急忙打断了他们间的对话，指挥着麻醉师给他们分别麻醉。

意识渐渐在消失。最后一刻，李冉模糊地想，自己这一生，都永远欠着王夕了。

4 那些秘密

手术后的第三天，赵小珊在李冉的病房外碰见了王夕，他静静地坐在长椅上，显得有些孤单。

"为什么不进去？"她在他身边坐了下来，带着几分同情地问。

王夕微微一笑："她睡着了。"

赵小珊犹豫了片刻，不知道要不要把自己所知道的事情告诉他，然而她还没考虑出个结果，王夕已经慢慢地开口："……其实，她想要离开我。"

赵小珊顿时呆若木鸡，半晌才开口问："你，你知道？"

王夕轻轻点了点头。

赵小珊更加难以理解："你知道她想离开你，却还冒着生命危险捐肝给她？"

王夕淡淡地笑了笑，认真地凝视着她："现在，她再也不会离开我了。"

一瞬的迷惘后，赵小珊恍然大悟。王夕在察觉李冉出轨之后，没有大吵大闹，也没有苦苦哀求，他装着一无所知，却用加倍付出的感情把她拴在了自己身边。

他这样做，当然是因为深爱李冉，却也单方面剥夺了她的选择权利，这让赵小珊觉得他有些自私。

然而在半个月后，看着王夕小心翼翼地扶着李冉出院，两人的脸上都带着幸福的笑容，赵小珊忽然又觉得，有些秘密，也许还是永远不揭破的好。

★ 画里画外的战争

1 重　逢

画廊的开幕酒会上，高琳第一次亲眼看到了那幅画。

半裸的女子侧卧在窗边的长沙发上，曲线美好，神态安详。阳光透过细白飘逸的窗帘洒在她身上，让人产生一种无比神圣的感觉。

同样是裸体，有的人画中充斥着情色，而在有的人笔下，却成就了真正的艺术。以高琳的专业眼光判断，这幅画应属后者。她的目光落到作者签名那里，郭阳。

转过头，她就看见了被许多参展者围在展厅一隅的他。

简单的白衬衫和牛仔裤，资料上三十多岁的人，却还是那么英俊，似乎并未受到岁月的浸淫。他耐心倾听着所有人的问题，微笑着一一予以解答，时不时应请求在仰慕者递来的签名本上写下几笔。

高琳鬼使神差地走上前去，尽可能让自己的声音和表情保持自然："嗨，郭阳。"

他的视线落到她脸上，猛然怔住。

高琳知道他认出了自己。虽然十年不见，虽然当年她只是个十几岁的黄毛丫头，但他竟然还能记得她的模样。

她微笑着向他走过去，穿过众人惊疑、艳羡的视线。

彼时，他似花，她似蝶。

2 禁忌的爱

高琳再见郭阳本是为了那幅画，却在不知不觉间被他这个人所吸引，甚至忘记了十年前他们曾彼此敌视、相互憎恨。

那时，郭阳还只是个初出茅庐的美院学生，拿着作品到处联系画廊，希望得到被推荐和参展的机会。高琳的母亲就是其中一家画廊的负责人。

高琳还记得初次见到他时的情形。刚升上初中的她撑着伞蹦蹦跳跳地冲进前院，一眼就看见爬满了葡萄藤的花架下，母亲正跟一个没见过的男人对坐饮茶。

听见动静，他微微侧身，转头向她望来——那一刻，他脸上的笑容似乎照亮了阴雨连绵的暮春，也照亮了她心中的某个角落。

那是种能令女人窒息的英俊，虽然当时的高琳还无法理解其意义，却还是本能地对这个陌生男人产生好感。更何况，他懂得那么多有趣的事情——暑假里那一个又一个美妙的下午，时间仿佛就此凝固，她望着儒雅英俊、神采飞扬的他，听他绘声绘色地讲各种故事。

直到有一天，她的母亲不告而别，离开了原本温馨幸福的家。

整天忙于工作的父亲强颜欢笑，告诉她母亲只是有事外出。然而，她却回想起跟他和母亲度过的许多个夏日，他们之间不时交换的温柔眼神，以及藏在其中的隐秘情意。

她忽然意识到，他其实是要来抢走母亲的敌人，是想破坏她所拥有的这个完美的家。从那一刻开始，她发起了一场针对他的战争。

利用母亲对她的爱，高琳不停地打电话去骚扰他们。不会做的功课、需要家长出席的各种活动、想选购女孩子的用品……这些统统都可以成为她的借口,逼得母亲不得不在她和郭阳间疲于奔命。

她想方设法缠住母亲,因为只要稍有放松,她就可能会永远地失去。

才十几岁的她,已懂得用心计去捍卫自己所爱的一切。

不知是她的奸计终于得逞,还是他们的激情本就无法长久,几个月后,母亲悄无声息地搬回了家中。从那天开始,换成是郭阳不停地来骚扰她们,想方设法只求见到闭门不出的母亲。

那日,性烈如火的高琳终于忍不住冲了出去,恶狠狠在他手腕上咬了一口,叉着腰告诉他,母亲永远都不会再见他。

他脸上的表情,她直到今天还记得,虽然当时她不明白那意味着什么。

那份禁忌的爱曾令他神伤心死,如今十年过去,他竟又如她初见时般云淡风轻。往事,似乎没有在他心中留下任何痕迹。

只除了,那幅画。

3 顿　悟

高琳成了郭阳家的常客。

她有所求,而他并不懂得该如何拒绝。无论十年前还是十年后,他都不是强势的那方,所以,当年十几岁的她才能用两行血淋淋的牙印硬将他赶出自己的生活。

如同现在,她要重新挤进他的生命。

那幅画现在已经挂在了他的卧室里。

高琳每次来,总是熟门熟路地走进房间,驻足欣赏片刻,然后找机会半真半假地问："这画，你真的不卖？"

他的回答只有一句，绝不会卖。

高琳没有问过原因，如同她和郭阳从没有提起过十年前的往事。也许在他们的潜意识里，那段回忆就是潘多拉的盒子，一旦开启就只会带来不幸。

然而，随着他们间关系的逐渐亲密，个性好强的高琳不肯再回避这个问题。

端着红酒杯与他并肩站在画的正前方，她猝不及防地开口："看上去，并不怎么像她。"

如此圣洁美好的女人，怎会为了一己私欲而抛下丈夫和女儿，险些破坏原本幸福的家庭？

他平静地望着画中人，轻轻开口道："但在我眼中，她就是这个样子。"略顿一顿，他的目光转向她，忽然又问，"她现在怎么样？"

"很好，他们都在国外。"高琳若无其事地回答，视线却没有离开他的脸。

"那就好。"他没有再继续这个话题，转而望向她，"真没想到，你会变得这么文静，完全不像小时候的你。"

她轻轻将酒杯放在壁橱上，转身面对着他，笑问："小时候的我，又是怎样的？"

不知是酒精的作用，还是因为昏暗的光线，他的脸上依稀泛起了些红晕："你……就像头勇猛的小狮子，为了保护自己心爱的东西，敢于同任何人对抗！"

她凑上前去，拉起他右臂的衣袖，仔细察看着自己咬过的地方。即使已时过境迁，那里仍然留下了浅浅的两道白印，可见当年她咬得有多用力。

"其实，我仍然是那头狮子……"抬起头望向他的脸，高琳觉得体内有什么东西像酒精一样在蒸腾发酵。她踮起脚尖，重重咬住了他的嘴唇，微腥的血流入口中，带给她如触电似的快感。

这一刻，她忽然顿悟，其实在很久很久以前，自己就已爱上了他。

4 爱的替身

他们像野兽般疯狂地做爱，从床上到地下。高琳这才知道，并不仅仅是自己的血液里带着难以抑制的兽性。

他对她的渴求令她欣喜战栗，却也让她心怀疑虑。十年的时间，是否真能淡化心底那份刻骨铭心的恋情？如果连她都没有做到，他又怎会真的改变？

直到筋疲力尽，郭阳才在她的怀中沉沉睡去。高琳凝望着他俊朗的面孔，忍不住伸手轻轻抚摸着他有些汗湿的头发。

她想起十年前，在他失魂落魄离开的那一晚，自己曾尾随着他到了简陋的出租屋。看着周围的环境，她不禁哑然失笑，难以想象在父亲呵护下养尊处优的母亲，竟能跟他在那种地方生活了数月之久。

但，那也是值得的吧？

她看着他摇摇欲坠地走进冷清的房间，没有开灯，没有锁门，一切都进行得悄无声息。不知为何，她竟不再那么恨他，反而对这场战争的失败者产生了一丝怜悯。

她在他门前站了好久，心里又是气愤又是懊恼。

最后，她终于忍不住走了进去，不小心踢到了地上散落的几个空酒罐。借着窗外的月光，她看见他瘫坐在墙角，一身的酒气，脸上还有未干的泪痕。

他曾经光彩照人，现在却变得如此憔悴，就连身为仇敌的高琳也起了恻隐之心。她想起葡萄藤花架下他讲过的那些精彩故事，他曾给予自己的温柔笑容，于是默默在他身边蹲下，用手指轻轻替他擦去泪痕。

就是在那时，她第一次产生了拥吻他的冲动。

"珊珊……"半梦半醒的他睁开朦胧的醉眼向她望来，含糊不清地叫着另一个名字。

她霍然起身，跌跌撞撞地跑回了家中。他的心中，只有她的母亲，即使她比他年长十几岁，已经有了丈夫和女儿。

高琳忽然好生嫉妒。

她把他赶出自己的生活，以为终于挽救了即将破碎的家，却忽然发现，原来连母亲也成了自己的敌人。

如同现在，虽然他就躺在她的怀中，对面墙上那幅画中的女人却仍肆无忌惮地注视着他们，像一个盘旋不去的幽灵。

高琳静静地看着那幅画，想起画展上有人曾恭维式地对自己说："你真美，简直就像画中的女人。"

那是当然，她本就是她的母亲。年岁渐长，她也越来越像他曾深爱过的人。

或许，他此刻对她的依恋，只为难以忘怀的另一个她。

5 随画消逝

郭阳只画过那一幅人物肖像。高琳想起有位画家曾经说过，只有面对自己深爱的人，才能完美地捕捉她的神态，并将其再现于画布上。

是啊，那幅让所有人交口称赞的画，每一笔、每一个细节里都充满了浓浓的爱恋，令高琳忍不住嫉妒。郭阳越是不肯出卖它，就越是证明画中女人仍是他心中至爱。

好多次从梦中醒来，她都会发现枕边的郭阳正静静地凝视着自己，他眸中有她的影子，然而看上去却像煞了母亲。每当此时，墙上的那幅画就似乎在大声嘲笑着她，令她越来越无法忍受下去。

她根本不知道他是真的被她所吸引，还是只因为她跟母亲有些相似。

"我和那幅画，你更爱哪一边？"高琳玩笑式地问过他。

郭阳深深地望了她一眼，又看看那画，然后轻吻了吻她的面颊："别逼我做这样的选择。"

她明白了，他永不可能放弃那幅画，如同不会忘记画中人。无论十年前还是十年后，故事的结局从没有丝毫改变。他其实是一团火，而她则是盲目扑向他的卑微的蛾。

那天，高琳悄无声息地离开了郭阳的家，同她一起消失的，还有那幅画。

郭阳没有声张这件事，更没有试图去找她。

三个月后，在巴黎的某间公寓里，高琳看着桌上那从未再响起过的旧手机，苦笑一下，亲手点燃了那幅画。

接近郭阳，本是为了替客户高价购得它。然而最终，她却没有将它交给任何人。

它本就不该存在，何不让它陪着所有禁忌或错误的爱恋，从此灰飞烟灭。

★ 时光荏苒，旧梦不再

1 重逢是泪

袁清再见到丁佳，是在办公室的楼下。

5A 级的写字楼，满是跨国公司的中国分部或办事处，地下停车场永远车满为患，就连道路两边也停得满满当当。

那天跟同事一起加班到繁星满天，她急着赶地铁，匆匆搭电梯下楼。刚出写字楼，就一眼看见了他。

他把车停在路边，一个人靠在车门上抽烟。烟头明明灭灭，映出他稍显忧郁的面颊。

袁清的心猛打了个战，大脑忽然一片空白，不知道该上前打招呼，还是悄无声息地走开。

三年两个月零九天，这是距离上次见到他的天数，袁清以为自己淡忘了，却没想到仍能在瞬间反应出这个数字。

但，他还能记得自己吗？

她犹豫着，怀疑着，欲行又止。

就在那时，丁佳微一抬头，目光便落到了她的脸上。一怔之间，她想他已认出了自己。但他却保持着原来的姿势，并没有要跟她相认的意思。

袁清想，能在茫茫人海中不早不晚地再次相遇，也许这是上天给予自己的又一次机会。她错过他一次，为何要错过第二次？

她主动向他笑笑。他迟疑了一下，在垃圾箱上摁灭了烟头并丢弃，终于向前走来。

却并非迎向她。

"丁佳！"身后蓦地响起一个声音，袁清转过脸，发现满面笑容朝他飞奔而去的正是自己的同事何云。

她怔在原地。早听说何云快结婚了，但她永远也不可能猜到，对方竟然就是丁佳。一晃眼物是人非，唯有她还执着地固守一方。

"等很久了吗？抱歉，今天公司实在太忙了……"何云如同一只快乐的小鸟，在丁佳怀里絮絮叨叨，而他默不作声地为她拿包开门，殷勤周到，眼角眉梢的宠溺叫人看了嫉妒。

一转脸，何云这才看见了袁清，向她挥手："小袁，你是要去搭地铁吗？我们送你一程吧。"

袁清这才回过神，勉强挤出笑容："不了，谢谢。我想先去吃点东西，你们先走吧。"

何云没再多劝，她一颗心全扑在即将到来的二人世界里，哪还能看出袁清的异样。挥手道别后，她轻盈地坐进副驾驶座，开始兴奋地向丁佳说着什么。

他挂挡、倒车、调头，娴熟地操纵着方向盘。绝尘而去的前一秒，他终于望向窗外的她，微一颔首。

袁清努力让自己笑得自然点，不争气的眼泪却还是夺眶而出。

2 心花曾开

袁清曾经是个上不起高中的孩子。

山区本就贫穷，她又是女孩子，父母让她念完初中就回去打工赚钱，可是她不甘心。同年级里，她的成绩最好，老师都说她肯定能考上重点大学，跃入龙门，出人头地。

然而前提是，她必须有钱交学费。

父母说得很清楚，不会再为她上学多花一分钱。好强的袁清靠勤工俭学勉强攒下生活费，然而每学期几百块的学费仍然没有着落。

后来，老师帮她把资料登记在省里的一个贫困学生资助项目里。再后来，通过那个项目平台，袁清收到了好心人资助的第一笔学费。

没经历过穷途末路的人，不会理解她当时的感激涕零——对方也许只是举手之劳，却能改变她的一生。

期末考试，袁清又是全年级第一，她一笔一画地在信纸上写下对资助人的谢意，连同自己成绩单的复印件，一起寄了出去。她想让对方知道，他没有资助错人。

很快，对方就回复了，除了满满的期许和鼓励，还说要一直资助她到大学毕业。

那个人，就是丁佳，刚进入某家外企开始打拼的职场新人。因为同样是受到好心人资助才完成学业，他甫一工作，便开始帮助跟过去的自己处境相同的人。

茫茫人海中，丁佳选中了袁清。但若没有袁清那一封接一封洋溢着青春热情的来信，他也许永远不会到她的学校看望她。

那天袁清走出校门，看见丁佳时吃了一惊。她本以为他是个成熟稳重、胡须满脸的中年人，谁知竟阳光帅气得如同邻家哥哥。他给她带了书、文具，她不停地说着谢谢，羞涩而又文静。

最后，他忽然又从拎包里拿出一只可爱到爆的小熊玩偶，她这才如同普通女孩般惊喜地跳起来，惹得他哈哈大笑。

袁清的心也随着他的笑声激烈地跳动着，虽不是春天，但她觉得似乎有花儿就此怒放了。

3 窥探幸福

"哎，小袁！"第二天中午休息时，何云忽然有些神秘地凑过来，"问你个事。"

袁清顿时有点不知所措。

是丁佳向她提起自己了吗？是自己昨晚的反常被她察觉了吗？她如果问起自己和丁佳的过往，又该如何回答呢？

看见她的表情，何云有些羞涩地笑笑："我也知道突然这么问有点冒昧，不过……"她向周围看看，继续说，"昨晚你看到的那个，是我未婚夫。我们想在五一结婚，但是我的小姐妹只能提前两天赶过来……公司里跟我比较熟又还没结婚的只有你。我想，你能不能来当我的姐妹？"

呵呵，简直是现实版——爱人结婚了，新娘不是我。

袁清推不过情面，答应了。

其实仔细想想，由始至终不过是她一厢情愿。他只把她当成救助对象，她本就不该对他心存幻想。可是那一封封书信、一次次电话，留存在记忆里挥之不去。除了家人，他就是她最亲密的伙伴。

也许，帮他和何云筹备婚事，就是自己所能给予他的一份回报。

周末，袁清陪何云一起上街选购婚礼用品。何云很兴奋，每一样都要货比三家、力求完美，从清晨直逛到日落西山，袁清毫无怨言。

最后，她们提着大包小包回到刚装修好的新居。

何云进门开灯，袁清怔在门外。房间不算大，但布置得格外温馨，电视柜上两只并肩而坐的小熊玩偶，瞬间让她想起往事。

曾经，她以为自己有一天会当上这个家的女主人，在她的梦境里，在她的心底深处。

"快进来呀，顺便帮我看看装修得怎么样。"何云见袁清发呆，把手上的袋子向沙发上一丢，伸手把她拽进门去。

边走边看，这边是他们亲密的合影，那边是两人度假时的纪念。何云欢快地向她介绍着有关这个家、家里每件装饰的甜蜜回忆，那都是袁清从没有体会过的幸福。

她有些难过，怕何云看出端倪，急忙找借口告辞。

刚到门口，丁佳忽然开门进来。四目相对，他们都呆了。

"丁佳，这是我的同事袁清，今天陪我一起去买了好多东西。大家都累了，你送送她吧。"何云热心地叮嘱。

默默跟着丁佳下楼到地下车库，再坐进车里，不知为什么，袁清忽然有种自己正背着正室偷情的怪异感觉。

4 往事如烟

车开出小区，丁佳才笑笑道："没想到你跟她是同事。刚毕业就能进跨国公司，说明你很厉害。"

"那也多亏了你……"袁清尽量想表现得更自然些，"我曾经想把钱还给你的，但你换了手机号码。"

"哦，之前手机丢了……"他顿了一顿，终于没能忍住，"我以为你不想再见到我，就没打给你。"

袁清考上大学后，他又去找过她。本想鼓起勇气告诉她，自己这个大龄青年早已对她产生特别的感觉——那一封封充满热情和梦想的来信、一通通聊之不尽的电话，是他在这个陌生城市里疲惫不堪时的一剂良药。

但，他又实在太害怕。怕她怀疑他多年的资助其实另有所图，更怕破坏自己在她心目中的美好形象。

忐忑不安中，他跟着袁清在校园里转了一圈又一圈，听她说起学业和生活、勤工俭学中的苦与乐。吃饭的时候，他想付账，她却坚持要请他，还说她打工的钱已足够支付学费和生活费，以后不需要他再汇钱。

丁佳忽然觉得，她这么急于自立，不愿继续接受自己的资助，也许就是想早点摆脱他这个破旧的牢笼，自由自在地飞向广阔无垠的新天地。

她风华正茂，他自惭形秽。最后，那句话他始终没有说出口，便郁郁地踏上了归途。手机也是在那个时候掉的，他觉得，那或许就是天意。

"我怎么会不想见你？"袁清哑然失笑，她从没有想过，他对自己竟会有这么深的误会。

她的确想早点自立，想早些还清他的人情。只有到那时，她觉得自己才有资格跟他并肩而立、携手同行。她想让他知道，这并不是某种变相的报恩，只是因为，她爱上了他。

完全平等、毫无负担的爱。

他们想的都没错。然而最后的结果，却恰好错过。

很多年以后，袁清或许仍然会记得，在那个昏暗的晚上，自己暗恋过多年的男人一遍又一遍地追问着她"我们还可以开始吗"？

她几乎心软，然而想起白天里如同百灵鸟一般快乐、幸福地边走边唱着的何云，她又觉得对她太不公平。

这么多年，她小心翼翼地呵护着心底深处的这份爱，何云还不是一样？失而复得，对自己是幸运，却瞬间摧毁第三个人的梦想，甚至将她的人生全盘打乱。

这样的自私，还配说爱吗？

爱情，不仅仅是占有，最难的，是适时放手。

袁清拉开车门走下去，不忘微笑着向丁佳说声"祝你幸福"。

★ 此情惘然化云烟

1 那一年

云笙在 F 大的校门前站了一会儿，抬头望着那烫金的校名，比同龄人来得成熟些的脸上，现出淡淡的笑容，然后他沉默地走了进去。

时间是九月，他以极优异的成绩考取了这所全国最著名大学的美术系，骄傲的同时，又有着隐隐的失落。

云笙不知道自己为什么会有这么奇怪的心情，他觉得自己就像是各种矛盾的综合体：桀骜张扬的他、纤细内敛的他、自我狂野的他、温柔体贴的他……

这许多的他才能组成一个现在的云笙，所以他对身边的同龄人总不屑一顾，嫌他们过于幼稚，嫌他们太轻狂，虽然他自己也不过是他们中的一分子。

这一年，云笙十八岁。

文化课对于学艺术的人来说一直是可有可无，偶尔应景，不过用来打发无聊的时间。他们年轻得过分，还有大把的青春可供挥霍。

那一天，云笙去迟了，抢占不到后排的有利地形，只好坐在第一排。他连书也没带，只有一本随身的素描簿，但当时他只打算趴在那上面睡觉而已。

夜岚就是在那时候走进教室的。

一眼就能看出她实在是和他们班那些学美术的女生不同，穿一身洁净而飘逸的长裙，脸上是平和宁静的淡淡笑容。所以，当她走到云笙的面前时，他正瞪着眼睛，不知所措地瞅着她。

她问了他两个奇怪的问题，一个是"你们是艺术设计 99 级 1 班吗"，他点点头。她看了看他面前的书桌，有些讶异地问出第二个问题："你们这节课是大学语文吗？"

他更加不知所措，是吧？其实，他根本就不清楚。

身边的男生早已积极地回答她的问题："是大学语文。"

这也难怪，她是个美丽的女生，而艺术系的男生又是敏感而多情的。后排的男生都纷纷兴奋地直起了腰，猜测着她究竟是走错了教室，还是旁听生。

但是接下来的一切，让他们所有人都大跌眼镜——夜岚直接走上了讲台。他们这才知道，原来她不是走错教室的女学生，而是他们这门课的老师。

就像英俊儒雅的男教师可以吸引女生注目一样，年轻美丽的女教师自然而然就成了男生们热烈讨论的话题，何况她的知识又是那样渊博，课上得那样精彩。

只有云笙没有参与那些讨论。

那一节课上，他破例没有睡觉，而是在他的素描簿上，为她画了一张又一张的小像。

那一学期结束的时候，有关夜岚的素描，他已经积下了厚厚的一本。他把它锁在最隐秘的抽屉里，没有第二个人知道。

那一年，夜岚二十二岁，刚以优异的成绩留校任助教，云笙他们是她所教的第一批学生。

2 那一夜

转瞬之间，云笙就毕业了，他觉得自己和刚入学时相比，似乎没有什么不同。他还是有些不合群，显得比同龄的人要成熟许多，虽然眉眼仍然青涩稚嫩。

他要去另一座大城市谋发展，整理行李的时候，偶然发现了那一大本素描。犹豫了半晌，他终于把它塞进了行囊，虽然这时候，他已经有三年多没有听闻有关她的消息。

城市的生活总是繁忙中又有着新鲜和刺激，云笙经历了每个新人都会遇到的一切：面试、碰壁、迷惑、妥协……

终于有了一份像样的工作，勉强跟艺术沾上点边，还有机会接触这城市或光明或黑暗的每一个角落。

但，算是融入这都市了，为何还会怅然若失？

有一次，他去帮电视台做一档节目，竟然又看见了夜岚！

夜岚和四年前相比，似乎一点儿也没有什么不同，或许只是更美丽了几分。

云笙望着她，忽然意识到有些女子，是会随着年龄的增长而变得更加优雅美丽的，时间于她们反而是一种积累和沉淀，岁月助长了她们如玉的润泽。

夜岚早已离开了 F 大，她发现自己不喜欢学校中一成不变的生活，所以她现在成了一名自由撰稿人，活得悠游而又自在。

她对云笙还有着依稀的印象，毕竟那是她所上的第一节课。她想起云笙当时连课本也没有带，害她怀疑自己走错了教室，两个人笑成一团。

节目录完后已经很晚，云笙送夜岚回去，一路上他们聊了很多。

这个世界上，缘分，果然是最奇妙的一回事。他们所处的是一座国际化的大都市，即使在同一个城市中生活了许久的人，也未必能够碰面。而他们，在四年后就这样巧妙地重逢了，所有听他们说这段经历的人，都直感叹他们的确有缘。

那一晚回去以后，云笙翻来覆去睡不着，索性翻出尘封已久的素描本，一页页地端详。当年画下它们时的一幕幕情景，活脱脱就在眼前；当年画下它们时的那种青春萌动，原来一直都没有离开过他。

云笙一直想打电话给她，又害怕有些唐突。他在心里仔细地衡量着所有因素，想让自己放弃这个大胆的念头。

她已经是个小有名气的专栏作家，很快还会有小说出版，而他是个大学刚刚毕业、不知明天在哪里的穷小子。她把他当成一个久别重逢的学生，他也怀疑自己能否跨越师生关系的那道鸿沟。

然而，心底的那丝异样情绪、懵懂蠢动，令他久久不能成眠。

同样的问题，夜岚也在心中想了良久。然后她笑话自己是个太喜欢幻想的小说作者，现实生活中，怎么可能有那种不计任何后果的浪漫情怀？适合她的，是事业上已小有成就的成熟男子，而不是他那种初入社会的小鲜肉。

她不再想下去，开始构思起下一部小说的情节。一闪念间，觉得师生恋情也许是个不错的题材。

那一年，云笙二十二岁，夜岚二十六岁，两人之间，相隔有四年时光。

3 夏日的烟火

云笙和夜岚保持着固定的联系。

夜岚外表给人淑女的印象，实际上却是个爱玩爱闹的女子。她就像是两个极端，笔下的文字成熟内敛，然而在街上看见最新的动漫杂志，却会两眼放光，要一睹为快。

和她在一起，云笙有时会觉得，年纪大一点儿的反而是自己，而夜岚，是个需要他去呵护、照顾的女子。他不知道本来就是如此，还是因为他已经对她有了种别样的情绪，才会产生这种想法。

不过，他觉察到自己对待她是与别人不同的。

同年龄的女孩子迷恋动漫，总让他觉得幼稚，而她令他觉得可爱；同年龄的女孩子不善于照顾自己，他觉得她们太娇气，她却令他心疼；同年龄的女孩子做任何事，他总看不顺眼，而她做的任何事，都有着完美的理由。

他意识到自己太过偏心，可是，或许爱情本来就是毫无来由、莫名其妙的吧？

可是，他仍然不敢越过那雷池。

他曾经无数次设想过，该在怎样的情境下去冲破师生关系的束缚。和她并肩而行的时候，好多次，他的手已经悄悄地伸出去，想要牵住她的手，紧张到手心全是汗——可最终还是不敢。

他暗恨自己无用。

旁人爱到这种地步，早已不顾一切。而他，却不能不顾及她的感受。她是如何看待他的呢？他若有行动，是否会吓怕了她，最终弄得连朋友也做不成？

夜岚的书已经一本接着一本出版。她所写的全是爱情小说，令读者总以为她的情感经历极丰富而多姿多彩。而事实上，她的故事全出于她的幻想。

把极细微的感情放大来看，在文字中仿佛切肤，这就是所有写作者的工作。夜岚总是不停地观察着身外的世界，幻想着路人的悲欢离合。

她唯独漏看了云笙。或许，那不是出于疏忽，而是有意。

她写了无数故事，师生恋的桥段却从来不肯涉及。她猜不出结局，也幻想不出，唯有回避。

不记得是哪一次喝醉，云笙不再叫她老师，而大胆地叫她"夜岚"；也不记得是哪一年的圣诞，他求她在酒会上当他的女伴。

他们出双入对的时候越来越多，在外人的眼中越来越像是一对情侣，然而在她的心中，始终梗着四年这根刺。

她已近三十岁，女人到了这种时候总该要找个归宿。而他的事业、他的一切才刚刚起步，甚至连他的感情，或许也还是在将定而未定之间。

她没有时间等他，等他突破这四年的界限，等他对自己的感情、前途都确定无误，更不敢想象她会先他一步苍老。

而他，甚至还没有跟她说过一个"爱"字。

或许，只不过是自己徒作多情吧？他根本是个还没有定性的年轻人，或许还有着艺术家多情到了滥情的怪癖。同这样一个人在一起，谈什么永远，又说什么不变？

她决定接受另一个成熟男子的追求，用理智挥一次慧剑。

而云笙直到那时，才终于决定向夜岚表白自己的心意。

正是夏末，他带她来到最偏僻无人的一处海滩。那里有他为她所精心准备的一场烟火——只为她一个人的烟火盛会。

他孩子似的满心喜欢，却不知道夜岚，根本就是带着一种决绝的心情而来。

那一夜，所有住在海边的人，都注意到天空中那段长时间的姹紫嫣红。那毫无疑问是一场盛大的烟火晚会，在夜幕中一枚枚地绽放、消逝，就像是有万千的流星在天际飞逝，如一场最美的传奇。

云笙等到的，却是夜岚的一个苦笑："云笙，你不可以永远这么幼稚——烟火，只可以拿去骗小女生，你不能希望我这样年纪的女人，还会为此而感动。"

她顿了一顿，接着说下去："而且，我就要结婚了。"

云笙整个人都呆住，良久，什么话也说不出来。

她看了他半响，终于走过来，踮起脚尖，在他额上轻吻了一下，然后走远。

这是最初也是最后的一吻。这一刹那,云笙想要追上前去,可是他想起了她所说的话。

她说得对,烟火只可以用来骗小孩子,他却买不起她想要的一枚钻戒。

最关键的是,她,根本不可能爱上这样的自己。

这时候,他才发觉自己同样幼稚得可以,就像他曾经看不起的那些同龄人。

海浪一波波打在他的脚下,如同哀悼他这么多年来的青春岁月。

这一年,云笙二十六岁,夜岚三十岁。

4 惘然云烟

很久以后,云笙在电视上看见了夜岚,那是在一个采访她的节目中。

夜岚已经是个有名的爱情小说作家,主持人很感兴趣地问:"夜岚女士,你写了那么多感人的浪漫故事,不知道在你心中,最浪漫感人的情节,是哪一个?"

夜岚脸上仍然是平和的淡淡笑容:"一个年轻人,在夏日夜晚的海滩上,为他心爱的女子,放了一场盛大的烟火。"

主持人"哦"了一声,笑问:"这是很幼稚和老套的手法,为什么你会觉得感动?"

"或许正是因其幼稚,反而觉得可贵。哪里像成年人的爱情,已到了锱铢必较的恐怖地步?"

下面的话,云笙已经没有办法听清楚。

他盯着屏幕上的她,感觉到脑中似有一场海啸正排山倒海地向他席卷而来，要把他淹没在浪涛中。

她是爱过他的！

他现在可以确信，她是爱过他的。如果当初他再多几分坚持，如果当初他能不顾一切地追上前去，是否结局就会有所不同？

身旁，妻子很诧异地望着他，但他根本听不见她在问些什么。

他已经是三十岁的人了，他也终不能免俗，和一个不太碍眼的人结成了一世的伴侣。然而只有他自己知道，在他心头自始至终、唯一的至爱，就是那个淡雅如菊的女子。

有一瞬，他想要不顾一切地去找她，可是，如今的他能够感受到她当年的挣扎——人到了一定年纪，就不再有离经叛道的勇气，他们的生活，已再经不起什么风浪。

他和夜岚之间，永远都相隔了四年的时间，无论他如何加快脚步，终究还是赶不上她的步伐。

他忽地想起了一句诗，忍不住悲从中来，猛地冲上了阳台，痛哭失声。

此情可待成追忆，只是当时已惘然。

这样的追忆，这样的惘然，她有过，他也有过。

或许我也有过，那么，你呢？

第三章

爱到极致变疯魔，聚散无凭据

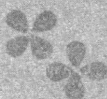

★ 空 心

1 午夜铃声

电话铃声。

很不情愿地睁开眼，我按亮床头灯看钟，凌晨两点零三分。会在这种时候不顾他人死活打电话来的只有一个人，我闭上眼，做好在半梦半醒中长时间聆听的准备，然后拿起话筒。

"乔伊……"

电话另一端没有声息，我等了一会儿，再次开口。

"乔伊，是你吗？"

"……"

我有点毛骨悚然，《午夜凶铃》的桥段开始在头脑中闪现，顿时清醒了一大半。

"是谁？再不说话我要挂了。"

"海曼……"就在我即将把说的话付诸实施的时候，对方终于开口了。

果然是她，我松了一口气，开口骂她："真的是你，干什么不说话，差点被你吓死了。"

乔伊的声音在电话里听起来怪怪的，和平日不同："海曼，我睡不着……"

我叹口气："又是为了那个没良心的男人？你怎么老是这么不开窍，女人是为自己而活的，快乐就好，有什么放不下的？"

"我知道，可是心还是觉得很痛、很难受。"乔伊没有像平日那样哭泣，我想起来这就是让我觉得奇怪的原因，因为她的口气很平静，像是在说别人，平静得让人感到绝望。

"发生了什么事？"我从床上坐起来，有点担心，"乔伊，如果真的想哭就哭出来，别太勉强自己，知道吗？"

她沉默了一会儿，忽然问："海曼，你说如果人可以没有心，是不是就能够不再伤心，不再有心痛的感觉？"

我呆了一呆，"伤心"这个词不知道是怎么来的——其实，人类所有的喜怒哀乐更多的是源于大脑的思想和情感，而与心脏没有什么关系吧？但是，有时候又的确感到是"心"很难受。

我自己也一团混乱，但还是安抚乔伊："别胡思乱想，人怎么可以没有心呢，没有心还怎么生存？"

乔伊的语气仍然很平静："海曼，仔细想想，我觉得这么说有点道理。这些年来，我一直感到我的心已经无法再承受重荷，如果放到显微镜下面观察，一定已经千疮百孔了吧？这么破烂的心，扔掉也没有什么可惜才对……而且，这样以后，我就再也不会对任何人动心，更不会被别人伤到心，真的不错……"

听着她如梦呓般的声音，我无缘无故地感到寒意："乔伊，你的脑袋里什么时候有了这么多奇怪的念头？"

她再次沉默片刻，然后开口："海曼，你有没有遇见过买心的人？"

"买心？"我吃了一惊，"你是说医学上的器官移植？"

"有好几次我遇见过他们……"乔伊不理我，自顾自地说下去，"每次都是在我最伤心的时候。在这种睡不着觉的夜里，我就能听见他们的声音，问我要不要把心卖给他们。一开始，我立即就拒绝，人没有心还怎么能生存下去？

"可是他们笑话我，说我傻，说只有没有心的人才能在这个无情的社会中百炼成钢，不怕任何打击，只有没有心的人才能在这个社会中更好地生存……现在，我觉得他们的话真的有几分道理……"

我越听越惊骇，急忙打断她："乔伊，你最近是不是太累了？明天要不要我请假陪你去看医生？"

"……海曼，你是不是在怀疑我精神有问题？我很好，我说的都是真的，不是幻觉。"乔伊平静地开口。

没有人会承认自己出现了幻觉，我更加担忧："乔伊，听我说，医生开给你的安眠药在不在身边？赶快吃一粒，然后熄灯睡觉，别想太多，我明天去看你，好不好？乖乖的，听话。"

电话那端的她沉默了一会儿："我知道了，我会照你说的去做。你那么忙，明天也不要特地请假来看我，我没事的……再见……"

但愿如此。

放下听筒，我呆了半晌，这才钻回被窝。这个乔伊，真让人放心不下，明天还是抽空约她出来，亲眼看过她才能放心。这样想着，我终于重新进入了梦乡。

2 突 变

早就发现，这个年头友情远比爱情可靠，我和乔伊就这样成了不离不弃的好友，从初中开始到现在，少说也有十几年了。

虽然是这么要好，我还是清楚地知道我们之间有太大的不同，比如，乔伊不可自拔地疯狂迷恋着一个叫贺明的男人，而我，从来不会为了男人而生存。

在乔伊的眼中，我太坚强了，坚强到了冷酷的地步。但她不知道，我只是更怕受到伤害，不愿意给别人伤害自己的机会。所以在本质上，我们却又意外的相似。

我搞不清楚贺明和乔伊的关系。好像是相爱的两个人，可很多时候贺明又摆出一副无所谓的浪子面孔，一点儿也不瞒着乔伊和别的女人鬼混，一次次地伤乔伊的心。

这个男人更加深了我对其同类的不信任感，于是我告诉乔伊："相信男人的爱情，还不如去相信鬼。"可惜她执迷不悟。

也许，就是因为看穿了乔伊根本就离不开他，贺明才敢这样子肆无忌惮吧？

"你真的没事？"我审视着面前的乔伊，用吸管捣杯子里的柠檬。

乔伊的面色有点发白，但很镇定："真的没事。海曼，我想我太傻了，以后……我知道自己该怎么做……"

我望着她。我头一次在乔伊脸上看见这种坚定的神情，这无疑是她不再脆弱的表现，可不知为什么，我心里有一点不安："乔伊，你昨晚说的那个……买心的人……"

她竟然笑了一笑："当然不是真的，怎么会有这种事？你难道真会相信？"

她喝了一口咖啡，看不出一点儿异样，可是我觉得面前的她忽然变得有些陌生。那是一种很微妙的感觉，坐在自己对面的还是那个人，但有什么地方不同了。

"海曼，今晚我约了几个朋友泡吧，你也一起来？"乔伊不再提昨晚的事情，淡淡地看着我。我忽然发觉是什么地方不同了——她虽然笑着在看我，可是在她的笑容和目光里，却没有了我所熟悉的那种温暖和亲切。

我呆了一呆，宁愿相信是自己看错了："今晚……可是明天还要早起上班……"

"那么有空再约你。"乔伊放下手中的咖啡杯，"我先走了，再见，海曼。"

"那，再见……"我看着她用一种与平日不同的轻盈步伐走出店门，一路上吸引了好几个男人的目光，而她一点儿也不反感，反而向其中的一个微笑示意。那男人立即受宠若惊地跟上她，没说两句话便开始递名片，并且顺理成章地走在了她的身边。

好快的动作！

这难道真的表明乔伊已经想通，不再眷恋那个毫无忠贞可言的男人了吗？可是这种转变，在一夜之间即告完成，是否，也太快了一点儿？

本该高兴的我，却一点儿也不轻松，默默地喝完了那杯果汁。

3 熟悉的陌生人

我和乔伊之间好像忽然多了一堵看不见的墙，每次和她在一起，都像是在对着一个完全陌生的人。那个人有乔伊的容貌和声音，唯独没有乔伊的心。

不仅如此。

以前备受伤害的乔伊，现在成了最无情的伤害别人的人。在所有的感情游戏中，她是游刃有余的女王，而不管失败者会有多伤心。

她的确不再为谁而痴迷，可是，她却再也不肯真心去爱人，不论是对情人，还是对朋友。

出于好友的立场，我认为我有必要对她提出一些忠告，不管她有没有可能听进去。

"这样的生活……快乐吗？"看着乔伊用女王的手势打发走开车送她过来的英俊男子，面上的表情没有喜悦也没有憎恶，我心里一阵发凉，低低地问。

她看了我一眼，像是洞悉了什么似的微微动了动唇角，然后开口："不知道！但是，至少不会痛苦。"

"乔伊，你究竟想怎样呢？"我叹口气，"现在你身边有那么多优秀的男人可以选择，你至少再认真一次吧？或者，你心里还是放不下那段感情？"

乔伊望着我，半晌，忽然感到好笑似的微笑起来："感情，现在对我来说就是因为太容易放下了，所以才不可能再去认真。"

我无法理解，迟疑了片刻，再次努力劝说："难道说，你到现在为止，再也没有遇上一个可让你动心的男人？"

她凝视着我，忽然靠近了些，慢慢地开口："海曼，你说一个已经没有心的人，还怎么可能再动心？"

"你在胡说什么？"我有点惶恐地左右看看，可是她已经抓住我的一只手，轻轻按在她的心口上。

我全身的血液似乎在这一刹那凝结，不由自主地把手再按紧一些。没有，还是感觉不到乔伊的心跳，我呆若木鸡地望着她。

"海曼，我的心，那天晚上就已经出卖了。从那以后，我一直是一个空心人。他们说的是真的，没有了心以后，任何事和任何人都不再能够影响到我，我永远不会再感到痛苦或烦恼。与之相应的，我也不会再为任何事或人动心，我不会再爱上任何人，这就是不再心痛的代价。想想也对，就是因为不再为任何事物心动，才可以永远不受影响和伤害。"

乔伊放开我的手，我的手无力地滑落下来，她继续开口："你是不是也觉得我对你的态度冷淡了很多？失去了心以后，虽然大脑中的记忆还在提醒我，你是我这一生最好的朋友，但我真的已经不再有以前那种心灵相通的温暖感觉。所以，对不起，海曼……"

她站起身，我仍然僵坐在原处，可是忽然抑制不住地大声问："可是你的心，你的心又去了哪里？"

所有的人望向我们这边，但显然没有猜出事情的诡异程度，于是重又各自窃窃私语起来。

乔伊没有表情地望着我："我不知道，我已经不再需要它了。他们说，那是一颗破损得极为严重的心。"说最后一句话的时候，她轻轻地叹了一口气，然后走开。

我不相信！我不能相信！

这绝不是真的！没有了心的人，难道还可以存活？而且，做一个不再有人类情感的空心人，在抛弃了痛苦的同时也不再有快乐，这样，真的值得吗？

4 心 魔

我一直无法理解乔伊的选择，直到忽然接到了亲爱的妹妹飞机失事的噩耗。在外人眼中一向极冷静自制的我，这一刻也终于被压垮。

我开始失眠，即使服用安眠药也毫无帮助。每当在夜深人静的时候睁开眼睛，就感到心里出奇的难过，难过到恨不得用刀把它挖出来才会好受。

原来这就是"伤心"——让人痛不欲生，让人无计摆脱。

某一个这样的深夜里，忽然听见枕边极细微的低语："你的心似乎伤得很厉害，要不要把它卖给我们？从此你就不会再为任何事心痛，比铁石心肠更坚强，因为你根本已无心。"

我霍然坐起，四顾无人，但那个声音却清清楚楚，绝非幻觉。"是谁？"

"买心的人。怎么样，你要不要考虑看看？"

真的有这种人存在，像是传说中专门收买人灵魂的恶魔，在每个人最脆弱无依的时候出现，收买人心，收买人类的情感。被他们蛊惑的人，变成只会伤害别人、自己却安然无恙的空心人。

我颤抖起来，有多少这种暗地里的交易完成了，又有多少这样的空心人被制造出来？难怪这个世界一天比一天冷漠。

最糟糕的是，我发现连自己也不能完全抵挡他们的诱惑。因为，他们懂得选择人类最脆弱、不能自主的时机。

也许，这才叫作心魔，因为它最难战胜。

★ 寄给苏苏的信

1 寄错的信

李小冉来看房的时候，何秋看她是个文静清秀的单身女孩，觉得应该比较好相处，就把那套一居室租给了她。

开始几个月相安无事，除了到时间上门收一下房租，何秋基本不需要往旧房子那里跑，乐得省事。可是有一天，李小冉忽然给他打了个电话，劈头就问："苏苏是谁？"

何秋整个人被问懵了，好半晌才调匀了呼吸："之前的房客，你怎么忽然问起她来？"

"我这里收到了好多寄给她的信件。你知不知道她的新地址？我想把信件转寄给她。"

何秋稍微一犹豫，决定撇清关系："我也不清楚。信先放在你那，需要的话她自己会回去取。"

李小冉又说："那你把她的电话告诉我，我先通知她一声。"

何秋勉为其难地翻出手机号报给她，放下电话没几分钟，李小冉又打来了："你给的号码是不是有误？对方怎么关机了呀？"

何秋不耐烦了："我怎么知道？反正她给我的就是这个号码，我不过是个前房东，谁管她关机还是换号？"

挂断电话，何秋一个人坐在沙发上发愣，好半晌，才忽然跳起来冲到储物间，从一堆积满灰尘的杂物里找出个纸盒。

打开来，里面全是些香水、化妆品之类的小东西。何秋翻了翻，果然有个贴了闪钻的手机。他先拔了手机卡，再开机，但半天没开起来，他醒悟可能是没电了，急忙接上万能充再开。

手机屏幕亮了起来，画面赫然就是他和苏苏的合影，再浏览里面储存的内容，好多都是跟他的通话和短信记录。何秋飞快地删除了手机里的全部资料，再用软布里外擦几遍，确定不会留下指纹，才关机扔回纸盒。

纸盒里的其他东西他也依法炮制，至于手机卡，他直接扔进了马桶冲走。

这天夜里，何秋摸黑出门，开车绕城跑了一圈，趁没人注意，把纸盒里的东西零零散散地丢进十几个垃圾箱。

回家后他才舒了口气，早就该这样处理了。

那些，都是苏苏的东西。

2 消失的人

两年前，苏苏租下了那套房子。

何秋对她的第一印象很不错，身材高挑，长发飘飘，穿着波希米亚风格的大花裙，十足的文艺青年范儿。

自苏苏搬进去，那套居室的毛病就不知不觉多了起来，即使是换个灯泡，她也会打电话要求何秋去帮忙。

能为美女效劳，何秋格外积极。每次去，苏苏都又茶点又水果招待得很殷勤，甚至还留他吃饭。

这么一来二去，何秋就背着老婆和她搞到了一起。

苏苏是个自由撰稿人，平时几乎足不出户，只知道在电脑前写写写。她没有亲人，也没有朋友，联系比较多的编辑和作者也都是靠 QQ 和邮件等网络工具。有一次，她开玩笑地对何秋说："像我这样的人，就算忽然消失，也不会有人在意。"

谁想到，最后让她消失的人，就是何秋。

那天，何秋的老婆在看某女性杂志，随口说了一句："这个男主角写的好像你。"

何秋接过一看，正是苏苏发表的短篇小说，虽然用了化名，但从外貌、习惯和一些细节描写上，还是能看出男女主角正是她和自己。他心里直打鼓，幸好老婆没起疑心，被他应付了过去。

何秋上网搜了苏苏的其他作品，发现最近一年的故事大部分都围绕着自己和她之间展开。她描写得那么细致，任何一个熟悉他的人，只要看完所有文章，一定会发现他就是那个懦弱、空虚、华而不实的出轨渣男。

他立即把苏苏约出来，愤怒地质问这件事。哪知苏苏却若无其事地说，如果不是为了有东西可写，谁会跟他这种中年大叔混在一起？

何秋这才知道，之前出租屋的各种毛病，都是苏苏为了接近自己而一手导演出来的——她处心积虑地把他引诱到手，只是想多搜集一些可以写进小说里的素材。

他怕老婆会发现这件事，警告苏苏别再写自己。苏苏却说写什么是她的自由，真想让她闭口不谈，就得给大笔的封口费。

当时，何秋看着坐在沙发上、恬不知耻地说接下来还会把两人的性爱细节也写进小说里的苏苏，忽然觉得她美丽的面目变得狰狞可怖，冲动地扑上去掐住了她的咽喉，直到她再也发不出丁点儿声音。

事后，何秋偷偷开车到野外，把尸体埋在了山里。出租屋里苏苏的所有东西，他也都打好包，该烧的烧，该扔的扔。

反正没有人会关心苏苏的下落，就算有人问起，他也想好了对策，就说她突然间搬了家，跟谁也没打招呼。

准备再把房子租出去的时候，何秋又仔细检查了一次，发现有些遗漏的香水和化妆品，再加上苏苏落在他车上的手机，他全收在纸盒里藏进了老婆从不进去的储物室，本打算找个深夜处理掉的，却忘记了。

直到李小冉又提起苏苏。

3 复活的苏苏

李小冉像是故意在跟何秋作对，没安生几天，就又大惊小怪地打来了电话，非要追问苏苏去了哪里。

何秋问她为什么老揪着苏苏不放，李小冉气急败坏地说苏苏在监视她，还把她的生活细节都写进了小说里。

何秋半信半疑，李小冉让他去看证据，也就是那堆寄给苏苏的信件。

因为老是联系不上苏苏，再加上那堆信用的都是专门寄送印刷品的黄色大信封，李小冉估计里面都是杂志，忍不住就拆开看了，谁知这一看，却让她看出了问题。

何秋刚一进门，李小冉就指着那叠杂志说："你看，每本里面都有署名苏苏的小说，之前说的都是中年出轨男跟女房客之间的暧昧，可是最近的几本主角换成了一个朝九晚五的小白领，那就是我！"

何秋没去翻那些杂志，忽然问："你用什么牌子的香水？"

李小冉一愣："雅顿绿茶。怎么？"

不对！

空气中弥漫着一种淡淡的香味，何秋很熟悉，那是苏苏最喜欢用的纪梵希星光大道。但他没有声张，随口回了句"很香"，就接过李小冉递来的杂志看了起来。

事隔大半年，忽然又在最新的杂志上看到苏苏的名字，何秋心里有种说不出的怪异感觉。

偏偏李小冉又神秘兮兮地靠过来，低声说："我打电话去杂志社问过，他们说作者坚持把样刊寄到这里，根本没提过她搬家的事。而且，她怎么能知道我这么多的生活细节？该不会……"她小心翼翼地向周围看看，用更低的声音继续道，"她现在就躲在什么地方监视我们吧……"

"胡说！"何秋的反应比他想象中大，忽然拔高的声音把李小冉吓得一缩，他急忙放缓了语气，"少自己吓自己，这只是巧合。像她写的这种宅男宅女，现实中一抓一大把，不一定就是你。"

李小冉撇了撇嘴，明显不相信他的话，而且因为他刚才的失态，她有些怀疑地看着他："你是不是知道些什么，有关这个苏苏的事？"

她的眼神刺得何秋很不舒坦，他硬邦邦地回了一句："我跟她不熟。"

"不见得吧？"李小冉忽然从那堆杂志中又抽出一本翻开，向何秋亮了一亮，"这个背着老婆跟房客搞暧昧的中年出轨男，我看着也挺眼熟的。"

何秋像是被蜂子蜇了一下，冲动地嚷道："你爱住不住！怀疑有人监视你，搬走就是了，我租给别人，省得烦！"

瞬间的冷场，两个人你瞪着我，我瞪着你，气氛有点僵。

忽然有人敲了敲门，李小冉瞥了何秋一眼，过去把门打开。何秋也转过头去，发现门口站着的眼镜男有点眼熟。

眼镜男拿着一个厚厚的大信封，边递给李小冉，边解释："我在楼下碰到邮递员，说这信太厚塞不进信箱，我就顺便带上来了。"

说着，他好奇地向何秋看了一眼，点点头："来收房租？哎，这个苏苏不是早搬走了吗？为什么她的信还是寄到这里来？"

何秋想起来了，眼镜男就住在隔壁，几个月前自己来收拾屋子的时候碰见过，当时他还问起苏苏怎么突然就搬走了。他有些不自然地笑笑："可能忘了更新地址吧？"

敷衍走眼镜男，何秋看向李小冉，发现她正一脸不高兴地拆着那封信，嘴里嘀咕着："我倒要看看这次她又写了些什么，如果继续写我，我就去报警，看她还敢不敢监视我！"

何秋听得冷汗直冒，如果她真跑去报警，苏苏失踪的事情就会曝光，追查起来一定会找到自己头上。他顿时恶向胆边生，正想着要不要一不做二不休，把多管闲事的李小冉也给解决了……

她却抬头看了他一眼，忽然笑了："得了得了，难道我还真为这事去找警察？说出来也没人会信。你慢走，以后我不会再拿这事烦你，这总行了吧？"

4 她的电话

李小冉不再来烦何秋，可是他自己却睡不着觉了。

苏苏已经死了，这是千真万确的事。可是现在仍然有人以苏苏的名义在发表小说，那究竟会是谁，他或她的目的又是什么呢？

还有件事让他放心不下，就是在李小冉那里闻见的香水味。苏苏总喜欢在房间里喷些昂贵的香水，这样无论她走到那个角落，都能被心爱的香味所包围。那种香味何秋再熟悉不过了，绝对不会弄错。

至于李小冉所说的雅顿绿茶香水，后来他偷偷去商场闻过试用装，那种小清新的味道，跟那款成熟性感的纪梵希星光大道完全不同。

房间里到处都弥漫着那种香味，简直就像是苏苏还住在里面时一样。

不可能！

何秋拼命地想摆脱这种想法，是他亲手埋葬了她，她不可能还活着。

怕什么就来什么——这天何秋正开着车，手机忽然响了，他拿起来一看来电显示，心里一个激灵，险些把车开到了人行道上。

虽然他已经从号码本里删除了苏苏的手机号，但那串数字他仍然记得很清楚，如今手机屏幕上显示的来电号码，正是苏苏的。

何秋把车停在了路边。这是有人在装神弄鬼，虽然做出了理智的判断，但当他按下接听键的时候，却还是感觉背后升起了一股寒意。

电话那边没有人说话，却有个女人在哼一首老歌："我等着你回来，我等着你回来。我想着你回来，我想着你回来。等你回来让我开怀，等你回来让我开怀。你为什么不回来，你为什么不回来。我要等你回来，我要等你回来……"

青天白日，何秋却出了满头的汗。

那是苏苏的声音，幽幽的，拉长了语调，就像是从遥远的另一个世界传来的歌声，带着一种能摄人魂魄的诡异力量。

他愣在座位上听了好半天，才壮起胆子低喝一声："你究竟是谁？"

歌声停了，女人忽然咯咯地笑了起来，就像以前跟何秋打情骂俏时一样，笑得无比欢快。何秋再也受不了这个声音，用颤抖的手挂断了电话。

他在车里思前想后，最后一咬牙，趁着天还没黑，开去了当初埋尸的荒郊。循着依稀记得的路径，他从后备厢取出方便铲挖开泥土。

开始几次都挖错了地方，越是看不到尸体，何秋就越是害怕。就在他快要相信苏苏已经回到了出租屋里作祟的时候，铁铲下发出一声轻响，碰到了某样不同于泥土的东西。

何秋四顾无人，慌乱地扒开泥土，赫然见到了部分半腐的人体。他没有勇气全部扒开，立即又重新掩埋好尸体，跳上车开回了市区。

5 人外有人

事实证明，苏苏并没有复活，何秋更加确信是有人在捣鬼。

他想起一切怪事都是从李小冉搬进去以后开始的。是她非要大惊小怪地问苏苏的下落，甚至还打电话到杂志社去追查；是她对满屋子飘着的纪梵希香水味无动于衷，却老是在那堆杂志上做文章；还有最重要的一点，她已经从苏苏的小说里看出了端倪，知道他跟苏苏之间的暧昧关系，甚至还威胁要去报警。

何秋觉得，李小冉是最大的问题所在。她也许早就认识苏苏，发现苏苏失踪以后就故意来租房，想借机查出苏苏失踪的真相。她现在已经开始怀疑他了，这从上次见面时她看他的眼神就能知道。下一步，她很可能就会去找警察介入。

虽然之前她开玩笑似的把这个话题绕了过去，但谁知那是不是为了迷惑他呢？

何秋看着后视镜里的自己，慢慢下定了决心：是该想个一劳永逸的办法了。

当天晚上，何秋就赶到了出租屋那里。为了避人耳目，他把车停在了离小区两条街的地方。面罩、手套，这些都是在城市另一头的不同店里买的。

他打算设计成入室偷盗杀人。他有钥匙，只要神不知鬼不觉地进屋掐死睡梦中的李小冉，再打开窗户做成有人出入的假象，最后拿上值钱的东西锁好门离开，警察也很难怀疑到他的头上。

开始跟他料想的一样。开锁，进门，他太熟悉房间里的布置，即使完全在黑暗中行走，也没有碰到任何东西发出声响。

但当他掐住李小冉脖子的时候发生了问题，她惊醒了，并且开始激烈地挣扎，拉扯中他的面罩被拽了下来，脸上也被抓了一条血痕。

何秋急了，更加用力地扼住李小冉的咽喉，却没有留意到身后传来的脚步声。他的后脑勺忽然被人用什么东西重重打了一下，整个人立即扑倒在地上，接着那个人也扑上来死死地按住他，同时大喝："快报警！"

好不容易喘上口气的李小冉按亮了台灯，惊恐地盯着在自己床前扭作一团的两个男人，一个是何秋，另一个，竟然是住在隔壁的眼镜男。

她看看手上抓着的面罩，又看看喘着粗气的何秋，忽然指着他叫了起来："你要杀我？我跟你无冤无仇，你为什么来害我？"

何秋说不出话，眼镜男却忽然开了口："是因为苏苏。他杀了苏苏，又怕你继续追查下去，是不是？"

最后一句却是在问何秋。

两人四目相接，何秋忽然醍醐灌顶，哑着嗓子道："是你！装神弄鬼的人是你！"

6 循爱追凶

眼镜男叫江晨，是个喜欢舞文弄墨的 IT 宅男。

自从两年前苏苏搬进来，他就对她产生了好感，当知道她也喜欢文学，还发表了许多文章以后，就更加爱慕她。但他害羞内向、不善言辞，除了暗恋就再没有什么实质行动。

有一次，苏苏想挪动一下家具的位置，就找江晨帮忙。他看见她的钥匙随便丢在一边，就鬼使神差地装进了自己的口袋。之后当苏苏不在的时候，他偶尔就会摸进房间，贪婪地呼吸着带着香味的空气，窥探着自己梦中情人的生活细节。

渐渐地，这样无法再满足江晨，于是他偷偷在房间里安装了针孔摄像头，以便更好地进行偷窥。为了在精神上更接近她，他甚至开始模仿她的文风写作。

有一天，苏苏接听了一个电话后就匆匆跑了出去，之后再也没有回来。江晨不知道发生了什么事，更不敢过分热心地打听，生怕别人发现他偷窥苏苏的秘密。所以，在看到何秋来收拾东西、整理房间时，他也只是装着不经意地问了一句。

但何秋所给的苏苏搬家的解释并没有说服江晨。他怀疑苏苏出了事，但又没有任何证据，就算去找警察，也只会先暴露自己是个偷窥狂的事实。

李小冉搬进来以后，江晨忽然想到了试探何秋的方法。于是，他黑进了苏苏的 QQ，以苏苏的名义继续向各家杂志投稿，而所写的内容，就是他偷窥到的李小冉的隐私。

他相信李小冉迟早会发现异样，进而开始追查苏苏的下落。如果何秋真跟这件事有关，他一定也会受到影响，从而露出蛛丝马迹。

事情进展得很顺利，那天江晨拿着杂志上楼，正好听见何秋和李小冉在争吵，敲开门后他特地观察了何秋的脸色，越发觉得他隐瞒了什么。苏苏的 QQ 空间里存着几段她跟人语音聊天的记录，还有她最喜欢唱的一首歌，江晨把歌声和笑声组合在一起，又故意放慢速度，再制造出回声和混响的效果，用来吓人再合适不过。

至于来电显示，那更简单，只要用一个专门的软件，就可以让对方的手机上显示任意号码。江晨用这些小伎俩拨打何秋的电话，进一步刺激他。

于是，心里有鬼的何秋落入了他的陷阱，铤而走险准备杀李小冉灭口。早在留意动静的江晨尾随着他进了李小冉的房间，并在千钧一发的时候制服了他。

看着警察把装在镜子后面的摄像头拆下来，李小冉心有余悸地质问江晨："你怎么能拿我的命冒险？假如他来杀我的时候，你正好不在，那我不白死了？"

江晨摇摇头："不会。我知道他要来也是在晚上，所以我晚上从来不睡，一直都留意着呢。"

李小冉叹了口气："你为苏苏做了这么多，她甚至都不一定记得你的名字。"

江晨想了想，回答道："那都不重要，重要的是，没有人该平白无故地消失。"

苏苏曾经以为，无亲无友的自己，即使忽然消失在这个世界上，也根本不会有人留意。但事实上，无论是谁，只要曾存在过，都必然会留存在别人的记忆中。那些记忆，会引出如何秋这种人所想掩盖的蛛丝马迹，最终揭示事件的真相。

没有人该平白无故地消失，也没有真相会被永远掩盖。

★ 谋杀纪念日

1 王　阳

王阳坐在租来的车里，有些无聊地又点起一根烟，不过他的眼睛却没有离开停靠在斜对面的那辆玛莎拉蒂。

车是属于何小晴的，她三十岁出头，只因几年前从猝死的父亲那里继承了所有的财产，如今便过着挥金如土的奢侈生活。

虽然王阳跟她一点儿也不熟，但他相信车如其人，仅从最近这几天跟踪她的情形来看，他就可以断定她是个肆意张扬、我行我素的女人。

他看到过她当街把身边的助理骂得狗血淋头，助理小姑娘委屈得泪水直流；他也看到过她硬闯红灯，险些撞飞一对过马路的老夫妇……

无论做了怎样过分的事，何小晴都不会停下来解释或道歉，她只会一踩油门呼啸而去。当然，事后总有人替她收拾烂摊子。反正她有的是钱，足以砸死许多普通人。

就像现在，明明有地下停车场，何小晴却还是故意把车停在了那家五星级酒店大门口，而且竟然没人对此表示异议。哦，他忘了，她似乎持有这家酒店的大部分股份，所以才……

王阳想起赵陵开的是辆兰博基尼，不由淡淡一笑：不愧是两夫妻，就连选车的口味也如此相似。当然，也有可能是何小晴替赵陵做的主，谁叫他的一切都是拜她所赐呢。

同样是人，他们的生活轨迹与自己是何等的不同啊！王阳慢慢吐出一个烟圈，这一瞬，他稍微有些走神。

口袋里忽然震了起来，这是他从路边买的旧手机，加上预付费电话卡，跟踪何小晴的这几天，他一直把手机调成震动。这是狱里的一个哥们教的，这样就不会有人凭手机信息找到他，忽然响起的铃声也不会打草惊蛇，特别是在需要做"正事"的时候。

七年前，王阳因为一个混混当着自己的面跟女朋友眉目传情而暴打了那家伙一顿，结果那混混送医后不治身亡，他被判过失致人死亡罪，半个月前才刑满释放。

他从十八岁开始的青春岁月全贡献给了那高高的四堵墙，就连父亲心脏病病发也没能去见上最后一面。等到终于出狱，他才发现自己的人生早已面目全非，虽然在此之前也不见得有多么美好。

他按下了接听键，电话那端传来梅颖的声音："那件事准备得怎么样了？"

王阳向那辆玛莎拉蒂瞄了一眼："一切顺利。叫她老公先打一半的钱到我卡上，我会在三天后动手。"

梅颖有些吃惊："那是他们结婚四周年纪念日。"

"我知道，但那不是更有意思吗？"王阳的唇角有些残忍地扬了扬。四年前开始，又于四年后结束，这将是赵陵和何小晴最难忘的一个纪念日。

梅颖沉默了一会儿："好，我会转告他。尽量办得利落些，别留下马脚……阳，只要这件事办成，我们就……"

王阳瞥见何小晴走出酒店大门，急忙开口："我知道。她出来了，我要挂了。"

没等梅颖回答，他就收了线，发动那辆破本田，跟在了玛莎拉蒂的后面。

梅颖就是七年前他为之杀人的女朋友，他一出狱她就找到了他，说有人愿出钱干掉自己的妻子。

二十万元，王阳听到这个数字的时候已经心动，再加上梅颖从旁怂恿，他终于决定铤而走险一次，目标正是何小晴。

2 赵　陵

挂断了王阳的电话，梅颖立即按下快捷拨号键，刚"嘟"了两声，赵陵已经心急地接了起来："怎么样了？"

梅颖娇笑起来："放心，一切都在计划之中，他打算在你们结婚纪念日那天动手，不过你要先打一半的钱给他。"

赵陵没有犹豫："把账号给我，不过……"他压低了嗓音，"你找的人靠得住吧？"

梅颖的声音很镇定："他就是个傻瓜，为了我，叫他杀个人算得了什么？七年前又不是没干过。他还满心以为事成之后我会跟他远走高飞呢……"似乎实在觉得好笑，她又忍不住笑了。

一年前，赵陵遇见了梅颖，两人快速坠入爱河。

对于赵陵来说，在家在公司总是受不完何小晴的颐指气使，忽然见到美丽温柔还颇有几分风情的梅颖，简直就是新的春天。他越来越不能忍受被老婆压迫的人生，但是离婚这条路是他绝对不肯走的，因为那意味着他将失去一切。

想来想去，赵陵一咬牙，决定索性找个人杀了何小晴。

他做出这个决定，其中不多不少也有梅颖的功劳，她告诉他自己有个青梅竹马的男朋友，现在正在坐牢，不久应该就能放出来，让这家伙伪装成抢劫杀人，神不知鬼不觉，也不会有人怀疑到赵陵身上。

两人一拍即合，由梅颖出面策划一切。

然而听了她的话，赵陵忽然又有些担心起来："到时你不跟他一起走，他会不会把我们抖出来？"

梅颖沉默了片刻，轻声道："其实我已经准备好了一瓶红酒，等他办完事，就以庆祝的名义让他喝下去。"

赵陵先是一惊，这女人好毒。随即他稍稍放下了心，有她策划一切，看来自己的美梦很快就能实现。

"宝贝，你真能干，我没有白疼你。"

她娇媚地回答："那当然，我可是为了我们的将来。"

挂断电话，赵陵想了想，又删除了来电记录。他必须谨小慎微，安静地再等待三天的时间。

之后，这世界将属于他。

3 何小晴

结婚纪念日的前夕，何小晴心情很好，进办公室的时候甚至还哼着歌，连助理在计划书上犯了个明显的错误她也没有怎么计较，只是让她拿回去重新修正。

她实在没有什么可抱怨的，父母留给她几辈子也花不完的产业，身边有个随叫随到、英俊体贴的老公。她可以开最靓的车，穿为自己量身定制的华服，吃最难得的珍馐……想做的事情全都可以实现，除了父母早亡这点遗憾，她的人生简直一帆风顺。

可是临下班的时候，何小晴却接到了一个陌生电话。电话那边传来一个奇怪的男人声音，像是用了变声器，她顿时提高了警惕，然而对方说出的话却更石破天惊。

"你老公要杀你。"

胡说！这绝对不可能。

何小晴正打算痛斥对方一顿，对方却急促地再次开口："不相信的话去查查他的账户，他刚转给我十万，那是请我杀你的一半酬劳。"

没等她吭声，对方就挂了电话，留下何小晴看着手机上的号码直发呆。最初的愤怒过去以后，她的脑中忽然闪过了疑惑的阴影。

这个世界上，没有什么事是完全不可能发生的——就像她曾经不相信自己的父亲在外面有私生子，就像她曾经不相信他准备将全部的遗产留给那个野种……就像，她曾经不相信自己会对他下毒手。

为了钱，你我都可以泯灭人性，无人能够例外。

何小晴不动声色地上网登录了赵陵的私人账户，最近的一笔记录显示他果然刚刚转给某人十万现金。

对何小晴来说，这当然不是一笔大数目，但赵陵的所有吃穿用度全都是她买单，四年来，他的私人账户从来是只进不出，所以这突如其来的开销就显得格外可疑，特别是在她接到了那个神秘电话之后。

宁可信其有，不可信其无。何小晴怒了。

公司的人都走光了，她却还独自坐在办公室里发呆，直到赵陵打来电话问要不要来接她。

随便把他敷衍过去后，何小晴下定了决心。她拿起手机，重拨了那个陌生的号码："我是何小晴，我老公给了你二十万来杀我？现在我出双倍，你帮我杀了他。"

对方很爽快："先打一半到我账户。明天我会在你们共进晚餐的酒店，趁他离席上洗手间的时候结果他。我会做成抢劫杀人现场，而你，会有很多用餐的客人证明你没有嫌疑。"

果然是完美的计划。何小晴心满意足地收了线。

4 夫 妻

每年的结婚纪念日，赵陵与何小晴都会到酒店顶层的旋转餐厅享用烛光晚餐，那里正是他们第一次相遇的地方。

今年也不例外。

美酒、佳肴，还有窗外的夜景，一切都同往年相同，只除了他们的心情。

用餐的过程中，赵陵一面努力迎合何小晴，把她伺候得周周到到，一面在心里祈祷她快点起身去洗手间。孰不知对方也抱着同样的心思，所以这顿饭表面上温馨美满，实际上吃得痛苦万分。

最后连甜品都已吃完，能想到的话题也都聊得七七八八，何小晴终于不耐烦地站起来，摆出准备走的架势。

赵陵趁机开口："想回去了？要不要先上个洗手间？"

何小晴看了他一眼，这一眼让赵陵心里情不自禁地打个了突，但她随即若无其事地道："我不用。你想去的话就去，我等你。"

　　最后的希望落了空，赵陵只有默不作声地帮她披上外套，挽着她在众人艳羡的目光中离开了餐厅。

　　回家的路上他一直想着这件事，越想越是不安。何小晴是个精明的女人，她很快就会发现他的户头上无缘无故少了十万块，如果她顺着这个线索追查下去，说不定连自己和梅颖的关系也能查得一清二楚，到那时候，自己就将一无所有。

　　夜长梦多，必须尽快搞定。

　　趁何小晴洗澡的工夫，赵陵给梅颖打了个电话，追问她找的人究竟打算什么时候动手。谁知梅颖却告诉他，她怎么也联系不上那家伙。

　　赵陵瞬间明白了，那家伙一定卷了自己的十万块远走高飞了。他知道自己不敢追究，否则买凶杀人的事就会曝光，现在自己只好自认倒霉。

　　但是，何小晴仍然必须解决。赵陵的脑子里飞快地转过许多念头，忽然间灵机一动，低声问："你不是准备了一瓶红酒？就是上次从我家拿的那瓶？"

　　梅颖有些奇怪地问："是，怎么？"

　　"你立即带酒过来，记住，从后门偷偷进来。"

　　她似乎恍然大悟："你想自己动手？"

　　赵陵咬咬牙："今晚，她非死不可。"

　　这是一场赌博！

　　何小晴只钟情于一款红酒，所以他们的别墅中有专门的酒窖，储藏了几十瓶。上次赵陵偷偷带梅颖下去时，梅颖顺手拿了一瓶，说要回去尝尝好酒的味道。

　　至于赵陵自己，他从来不喝这种酒，反而更喜欢喝着罐装啤酒看球赛，所以老被何小晴说是改不了穷人秉性。

但现在，这秉性却为他带来了实现完美谋杀案的契机。

5 谋 杀

估计梅颖快到的时候，赵陵给邻居打了个匿名电话，谎称看见个黑影钻进了他家的后院。

邻居是个有钱的老头，整天总怀疑有人要谋夺他的财产，赵陵相信他一定会到后院查看，这样一来，富老头就有很大的机会亲眼看到梅颖偷偷从后门溜进他家。

不错，赵陵想出的完美计划，就是让梅颖成为因嫉妒而谋杀了情人老婆的凶手。酒瓶上将只有她和何小晴的指纹，没有任何不利的证据会指向自己。就算自己因为跟梅颖的关系会成为嫌疑人，但只要没有物证，再加上自己花大钱请的律师，相信自己最后能够轻松脱身。

梅颖拿着红酒溜进厨房的时候，赵陵假装正忙着做水果拼盘，让她把酒放到桌上后就赶紧离开。梅颖脸色有些发白，欲言又止，最后只叮嘱了一句话："记得把酒瓶上的指纹擦干净。"

梅颖离开后，赵陵看着那瓶红酒，微微笑了。他小心地将里面的酒倒出一部分，然后用它换下何小晴正在喝的那瓶，这过程中他没有留下任何指纹。

何小晴每晚临睡前都会喝一杯红酒，据说这是为了美容养生。等她洗好澡出来的时候，赵陵已经准备好了果盘，于是她走到酒柜前倒了一杯红酒，忽然又提议道："今天是纪念日，再陪我喝一杯怎么样？"

赵陵点点头，她又拿出一罐啤酒扔给他。他看着她拿着酒杯在房间中走来走去，迟迟不喝，心里急得像有火在烧。最后，她终于走到他身边坐下，用酒杯轻轻一碰他手中的啤酒罐："干杯！"

她喝了，她终于喝了！

赵陵如释重负地吁了口气，觉得有些口干舌燥，下意识地仰头喝了一大口啤酒，透心的凉爽。

他开始梦想着自己的未来，却忽然感觉自己的视线模糊起来。紧接着，像是有什么在他的喉咙里燃烧，令他无法呼吸。

他惊惧地看看手中的啤酒，又望向何小晴，发现她也在用同样的神情盯着自己。就像是谁忽然发了号令，红酒杯和啤酒罐同时跌落在地上。

6 尾 声

几天之后，通往西部某小城的火车上，正翻着报纸的王阳忽然在上面看见了熟悉的面孔。那是梅颖，作为谋杀赵陵、何小晴夫妇的凶手正式被宣判有罪。

王阳没有想到在自己携款离开后，事情竟会发展得这么快，然而，这些又在他的意料之中。

在跟踪何小晴的同时，他还监听了梅颖的手机，于是知道了她和赵陵的计划。越是拥有一切的人，反而越是贪婪，他们总希望能得到更多。至于他自己，现在只想用那笔不义之财救活急需手术的老母亲，让她能安享晚年。

忽然留意到了报纸上的日期，王阳心中五味杂陈。

又是一个纪念日。

八年前的今天，十七岁的王阳遇见十六岁的梅颖，她轻浮、虚荣却又美丽，同现在完全一样。为了她，他曾浪费七年的光阴，而在这七年中，她一次也没有去看过他。

八年后的今天，他不愿再让自己的人生毁在她的手中。不错，他需要钱，却不会为她再杀人。

盯着报纸上的照片看了半晌，王阳将它揉成一团，丢进了身旁的垃圾袋。

★ 复仇的天使

1 背后的脚步声

李桐再次猛地回过头去，有些昏黄的街灯映出她长长的身影，延伸向空荡荡的街道彼端。

已经不再有任何光亮从两旁大厦的窗口中透出来，黑暗中它们就好像随时会动起来的巨大怪物，沉默地注视着独自走在回家路上的李桐。

她情不自禁地竖起衣领，回转过身，向前紧走几步。

高跟鞋敲击在深夜无人的街道上，发出清脆的声音。可是，她却在忐忑地留神倾听着另外一种声音。

不是第一次了，一个人走在这条路上的时候，总感到有人在暗处窥视着自己、跟踪着自己，可是每次李桐像刚才那样猛地回头，总是什么人也没有发现。

有时似乎听见身后有极细微的脚步声，可真去留神聆听的时候，就只剩下自己那单调中又透出些紧张的脚步声。

这次也是一样。

都怪自己答应给 Lucifer Bar 当调酒师，职业的性质使得她每天都要到凌晨两点左右才能离开。虽然离租住的地方很近，但要独自走过这一条幽长的街道。

多想无益。李桐加快脚步，向前走去。

2 室 友

打开房门，室友胡灵果然还在看电视，听到声音，睁着越到深夜越有精神的眼睛向她望了一望，懒洋洋地打了个招呼，便又继续看下去。

李桐勉强笑了一笑，仍然有点惊魂未定，返身锁上门。

如果不是因为很难租到这么好的公寓，李桐根本不会与胡灵合租。不是胡灵本人的问题，而是她会让李桐想起一个人。

而那偏偏又是李桐不愿意再回想起的人。

已经事隔多年，她也远离了当初的城市，想不到阴错阳差，又在这座城市中遇到与那个人相貌相似的人，还住在了同一个屋檐下。

是造化弄人吗？泡在浴缸里，李桐的唇角泛起一个冷笑。就算真有上天又怎样？以为这样的安排就可以让自己心存内疚吗？

混迹在这座城市里的人，形形色色，谁没有不为人知的另一面？谁还会害怕什么上帝的惩罚？她才不信这个邪。

因为已经什么都不再相信，所以才能无所畏惧。

"还不睡？"从冰箱里拿了一听啤酒打开，李桐也在沙发上坐下来。

电视上正演着午夜以后的某恐怖剧场，画面光怪陆离，胡灵的脸上却是无动于衷的冷漠。她瞅了李桐一眼："习惯了……你刚才脸色不太好，见鬼了？"

李桐差点被啤酒呛了一下，随即若无其事："一个人走夜路，多少会有点怕。"

胡灵嗯了一声，继续呆呆地盯着电视屏幕，过了一会儿又突然开口："老人常说走夜路千万不要回头看，人的肩膀上都亮着两盏辟邪的长明灯，一回头碰熄了自己的灯，就会被怪东西缠上。"

"你不是吧，这么老土的话也相信？这世界上最可怕的其实不是鬼，是人！"李桐不以为然。

胡灵看了她一眼，脸上还是什么表情也没有："也对，如果没有做过亏心事，确实没有什么可怕的。"

李桐的心里有某个地方被刺激了一下，她忽然有点不服气："那么你呢？这么喜欢看鬼片，怕不怕会有鬼找上门？"

胡灵的眼睛盯在电视上，过了一会儿才懒洋洋地回答："我不喜欢冒险，所以晚上即使睡不着，我也宁愿选择在家看电视而不愿意出门。"

"是怕鬼还是怕人？"

"两样都怕。"

干净利落的回答反而让李桐觉得谈话再继续下去也没有什么意思，她一口气喝光啤酒，从沙发上站起来："不陪你了，我熬不下去，先睡了。"

胡灵只点了点头，仍然聚精会神。电视上穿白衣的女人转过身来，原本该是脸的地方却是乱草一样的头发，让李桐忽然感到有些恶心。

"有病！"关上自己房间的门，李桐不由在心里骂了一声，这几天来的忐忑不安全都由此宣泄出来，"竟然还有人相信什么鬼神……"

不过，她犹豫了一下，还是把门窗都紧紧反锁上。

静夜长街上的第二个脚步声，似乎仍然在她的耳边回响，缓慢到意味深长。

3 鬼魂回归

天空飘起了毛毛细雨。

"该死！"在心里咒骂着，李桐加快脚步向前走，可是另外一种声音忽然吸引了她的注意力。

脚步声，不徐不急地在她身后不远的地方回响。

本能地想回头，不知怎么却怯懦起来。李桐忽然想起包里的化妆镜，悄悄摸出来，装成好像是要照自己的妆容，却通过镜子观察自己身后那条幽长的街道。

白衣、白裙，镜中的女人披着头散乱的长发，活像是前几天在电视里看见过的女鬼。李桐的心快要跳出来了，然后她看清了那女人的脸。

胡灵！

李桐气急败坏地猛然转身。开什么玩笑？原来是她在跟踪自己，究竟是想搞什么鬼？

在破口大骂之前她愕住了，没有人，竟然没有人，仿佛她刚才在镜子里看到的不过是一个幻影。

对着空无一人的街道发了一会儿呆，风吹着雨丝钻进颈项里，李桐忽然感到一阵寒意，她转过身，开始没命地奔跑起来。

猛地推开房门，李桐被看到的场景又惊得一呆——胡灵还是木然地坐在沙发里看着她喜欢的剧场，穿着睡衣，好像根本就没有出去过。

李桐的大脑瞬间有些短路，脱口而出："你不是在我后面的吗？"

胡灵诧异地看了她一眼："你在说什么？"

李桐稍稍镇静下来，目不转睛地盯着她："……你今晚没有出去过？"

胡灵扬了扬眉："你看见我在晚上外出过吗？"

"可是刚才我明明……"李桐忽然住了口，她盯着面前的胡灵，一丝诡异的感觉浮上心头。

"刚才你明明怎么了？"胡灵还是带着一贯的冷漠，慢悠悠地问。

"没什么。"李桐强作镇定，无法再说下去，她冲进自己的房间，锁上门，感觉到自己强烈的心跳。

不是胡灵。刚才她盯着胡灵的时候才反应过来，胡灵是短发，而跟在自己身后的那个是长发。当然，她可能是用了假发。可是这无法解释，本来是在自己身后的胡灵，为什么会赶到了自己的前面。

还有，为什么镜子里能映出那人的样子，而自己的双眼却无法看到？

难道……

真的有鬼？而且，是那个人的鬼魂找自己复仇来了？

李桐大睁着双眼，慢慢把牙齿咬得咯咯作响。

4 噩 梦

"你究竟想要做什么？跟我去自首！"相貌如女性般娟秀的青年一反常态地向着她狂吼，李桐却闪烁着异样的目光向他靠近。

"我不去！现在我有钱了，我们这就远走高飞。我是为了你才这样做的，你知不知道？"

"我不要这种钱！"青年喘了几口气，这才想起反驳，"我也不会跟你离开。"

她不可置信地瞪着他："为什么不跟我走？这种小地方有什么值得留恋的？"

"就算没有任何东西可留恋，我也同样没有理由跟你走。快点，跟我去自首，这是犯罪，你知不知道？"

她猛地挣开他的手，后退一步："我当然知道。我更知道我这么做都是为了能和你在一起，我不要你再那么辛苦，我要和你过幸福的日子。"

这次是他瞪住她："你疯了！我不用你为我做任何事，除了去自首。"

"你让我去自首？你想让我坐牢？"她用力推开他，忽然愤怒起来，"你是不是爱上了别人？"

"你在说什么疯话？我根本没有说过我爱你，你有什么资格阻止我爱别人？"青年用不可理喻的目光瞅着她，再次伸手拉住她向外拖，"跟我走！"

热血腾地涌上头顶，有绝望，有惊恐，有无助，原来一切都是自己会错意了。自己为了这个男人犯下大错，他却要亲手送自己入狱。不！绝不可以！

她猛地抓起桌上的花瓶，向他的头上砸下去。血涌出来，他栽倒在她的眼前……

李桐从梦中惊醒，发现自己额上已满是汗水。她烦躁不安地下床走了几步，然后又猛地站住。

已经是多年前的事了，那时年少痴狂，为了个根本不爱自己的男人而犯罪，然后失手杀死他，然后逃离那个城市。她当时在愤怒中仍然理智到毁灭掉所有与自己有关的证据，就这样逃脱了法律的惩罚。

本以为一切可以重新开始，想不到在他乡的某一天，她面对了一个与他相貌极为相似的女子，那就是胡灵。每看到胡灵，她心里就会隐隐勾起当年的一切，但她仍然没有悔疚。

她李桐，早已在看着他血流不止而掉头不顾的当日，变成副铁石心肠。只有自己，没有信仰，不相信救赎。

她本是这样以为的。但是，噩梦忽然在最料想不到的时候开始，连她也不清楚究竟有没有结束的一天。

5 复仇之网

倾盆大雨。

李桐冲进门，全身都已经湿透了。然后，她忽然一怔，客厅里的电视上闪着雪花点，因为没有在播出任何节目而显得有点怪异。

更怪异的是，电视前的沙发里竟然没有胡灵的身影。

"胡灵！"李桐叫了两声，仿佛是回应，门铃忽然响起来。没有来得及经过大脑思考，怔在门边的李桐随手把门拉开。

是胡灵，一身白色的衣裙，湿漉漉的长发从脸上垂下来，更映得脸色雪一样白。她用一种怪异的眼神盯着李桐，虽然近在咫尺，却似乎感觉不出她身上的热气。

再一看，眼前这个女人又不大像胡灵了。李桐慢慢退了几步，看着对方用听不见声息的步子滑进房里，关上门。

她仍然直直地盯着李桐，水从长发的尾端滴下来，湿了地板。

长发？！！

李桐又退了两步，才哑着嗓子开口问："你是谁？"

是的，她知道面前这个白衣女人不是胡灵，而是这么多天来和自己如影随形的那一个，幽暗长街上只能在镜子中映出的那一个。

是谁？

对方唇边忽然有一个虚无缥缈的微笑："二零零九，二月十八。"

被惊得一跳，李桐无力地把手按在桌上，不能置信地瞪着她。二零零九年二月十八日，自己一辈子都忘不了的那个日期，看着他躺在血泊中而掉头不顾的那一日。

她为什么会知道？

对方的笑容更显冷酷："我太寂寞，所以要你偿命。"

是他？是他！是他回来了，回来找她，虽然是在一个不属于他自己的身体里。李桐一阵目眩，对方的脸和记忆中人的影子完全一样，冷笑着向她逼近。

"不要！不要过来……不要过来！"

发出一声凄厉的叫喊，李桐抓起桌上的什么东西砸了下去。一晃眼，似乎是多年前的往事重演，她看着对方倒在血泊里，手抓染血的烟灰缸呆立当场。

门铃，仿佛催命的门铃声忽然又响起，在这样的深夜里。

李桐猛地回过神来，惊慌地四望了一下，拖着白衣女子进了地下室。然后，她手忙脚乱地冲洗干净客厅地面的血迹。门铃还在不停地响。

一切都停当的刹那，满是雪花点的电视屏幕忽然一闪，竟然出现了画面。

是胡灵爱看的那部剧场。李桐竟然呆看了半分钟。

门铃再响。

"胡灵？！"李桐向后退去，感到自己的承受能力已将达到极限。

对方用怪异而缓慢的步伐向前进逼，脸上却又若无其事。

李桐几乎要以为是一场梦，但她的手碰到了什么东西，回头看，是忘了处理的烟灰缸，上面还有血迹。

她猛冲进地下室，没有人。尸体不见了，只余一摊血。

"在找什么？"身后冷不丁有人问，李桐骇然回头，是胡灵。她刚想松一口气，胡灵却用一种更骇人的冷森笑容贴近她："是不是在找……这伤口？"

她猛地抓住头发向上提，竟然掀起了自己的头皮，一个深深的曾被钝物重击过的伤口显露出来，还在流着血。

李桐看着这不可思议的事情在眼前发生，忽然感到头脑中有极细微的声音，像是什么东西爆裂了，接着热浪一波波地袭上头顶，让她无法再控制自己去想任何事。

她尖叫起来，但事实上已经不知道自己在做些什么了。

6 尾　声

娟秀的年轻男子静静地躺在病床上，身边的各种仪器不停地运转着，上面的数据也表明病人处于毫无知觉的植物状态。

与年轻男子相貌出奇相似的两张脸凑在一起，深情地凝视着他毫无生气的脸。

"我们终于让那个女人像你一样体会到生不如死的滋味，你一定很高兴，是不是，哥哥？"短发女郎终于轻轻开口。

长发女子也凑过来："你要醒过来，好不好？我们已经替你报了仇，那女人会永远待在疯人院里，一直到死。"

"秀，头上的伤口还疼吗？"她轻抚她的头。

"别忘了我是演员，有道具头套挡着，根本只是小伤，也幸好你叫我预做准备。"

短发女子的眸中透出冰冷的光芒："她最擅长的，岂不就是打别人的头部？是不是，哥哥？"

她怜爱地轻抚病床上年轻男子的前额，一道深深的旧伤在他发际显露出来。

这道伤，当年李桐打下的时候从来没有能够料想到，即使法律不再向她收紧罗网，冥冥中仍然有另一张网会令她无法逃脱。

天堂之上，仍有复仇的天使存在。

★ 下午三点零八分

1 失去的记忆

我心神不宁地走在街道上，脚步虚浮。一个在路边促销健康饮料的女孩殷勤地迎上来，端着放满一次性纸杯的托盘请我试喝。

我无意识地推开了她，继续向前走。

看看手表，时针和分针精准地指向两点五十九分，秒针仍在滴滴答答地向前迈进，在我目光的注视之下，它终于跟分针会合在十二点的位置。

下午三点整。

我的视线陡然间模糊，随即失去了知觉。

急促的汽车喇叭声令我惊醒，睁开眼，我骤然发觉自己正站在马路的中央，迎面驶来的一辆奥迪在我身前紧急刹车，车胎与地面摩擦时发出刺耳难听的声音。

"想找死啊！"车主愤怒地探出头骂了一句。

我有些茫然，不知道自己为什么会站在这里，刚才我明明沿着人行道向前走的啊！

如同做梦似的回到人行道上，我看看手表：三点零八分。再回头，刚才经过的那个健康饮料摊点还在，同一个女孩正在卖力地向行人推销着，我和她不过十几步的距离。

然而，我的时间却失去了八分钟。

在这八分钟里，我在想些什么，我在做些什么？我并不了解，再怎么拼命地在脑海中搜寻，也完全没有相关的记忆。

我苦涩地笑了笑。

这种奇怪的事情，并不是第一次发生在我的身上。已经连续好几天了，每天的下午三点，无论我在什么地方，正在做什么事情，我都会突然失去知觉，再醒来时，必然是在八分钟之后。

而且，失去了有关这八分钟的全部记忆。

我总会在某个我完全不记得为什么要去的地方清醒过来，而更奇怪的则是当时我正在做的事情。

有一次，我回过神时发现自己正走在海水中，穿着职业套裙，连高跟鞋也没脱。我愣在那儿好一会儿，才想起本来是要去拜访一个住在海边的客户。但我这莫名其妙的行动毁了我的计划，我只能跟客户改约时间，然后匆匆赶回去换下湿的衣服。

还有一次，清醒过来时我是在女厕所里，站在马桶盖上，手里拿着自己的丝巾，仰头望着通过天花板下方的那根水泥管。我是在会议中突然跑出来的，却似乎根本不是为了解决生理需要。

我不明白自己究竟是怎么了。每天下午必将到来的三点钟，渐渐成了我无法摆脱的梦魇。

2 心理治疗

"去找个医生看看吧，我是指心理方面的。"两天之后，我得到了来自好友何芳的忠告。那时，我和她在酒吧里喝了好几杯酒，我向她述说了这些天来的奇怪遭遇，以及感谢她及时救下了我的命。

是的，如果不是有何芳在我的身边，那天我肯定已经死了。因为是周六，我和她约好一起逛街，在喜欢的餐厅饱餐一顿后，我们决定乘地铁去市中心，当时正好快到了下午三点。

我再次失去了知觉，醒来时发现列车擦着我的鼻子呼啸而过，何芳则在我的身后紧紧抱住了我的腰："不要这样！快停下！"

我惊出了一身冷汗。如果不是何芳抱住我的话，我已经跳下了站台，被那列正在进站的列车轧扁，而我自己却对此一无所知。

之后我们没有去逛街，而是找了家开门早的酒吧坐进去喝酒聊天。对于我所遇到的怪事，何芳觉得可能是心理方面的原因，这才建议我去看心理医生。

我决定采纳她的建议。

心理医生微蹙眉头，看着他记下的笔记，专心致志地思考着。我盯着他，越看越觉得面熟："郭医生，我们以前见过吗？"

他愣了愣，向我看了半晌，然后摇了摇头："不，我们是第一次见面。"

然而我仍然觉得他似曾相识，正极力回忆着是在何时何地见到过他，却听他提出了新的问题："你向我说的这个症状，是一直就有，还是最近才出现的？"

"大约两周前开始的。"

他凝视着我的双眼："有时候，生活中突然发生的变故会给人的心理带来巨大的压力，从而可能导致奇怪的症状，像是幻觉、瞬间失忆，等等。所以现在请你好好回忆一下，两周前，是否发生过对你来说意义重大的变故？"

两周前……

记忆的闸门突然间开启，释放出我一直努力不再回想的过去，我的眼眶顿时湿润起来："有。我的爱人，他在两周前过世了。"

3 症结点

我和路国明结婚还不到一年，正是卿卿我我、如胶似漆的时候，恨不得一天二十四小时都能在一起。每天下班后，他都会在地铁站里等我，然后我们一起挤高峰期的地铁，再一起从车站慢慢地走回家去。

从车站到我们家有一段不算短的距离，中间有一个偏僻的小公园，我们俩总喜欢走那里的林荫道，仿佛又回到了恋爱时的美好时光。

两周前的一天，当我和路国明手挽着手走在那条林荫道上的时候，身后忽然有个人匆匆赶上我们，一把抢走了我的皮包。我本能地拉着包带不放手，那人顿时目露凶光，"刷"地从裤兜里摸出了一把弹簧刀。

我尖叫起来，路国明像头猛虎似的冲过来，抱着那男人的腰将他从我的身边拖走，接着，两个男人就扭打到了一起。

我惊恐地望着这一切，直到那歹徒忽然跳起来、头也不回地跑掉，才发现路国明已经倒在了血泊中，胸口上插着那把刀。

我失去了自己深爱着的男人。

那段时间，我简直像是失去了魂魄，连他的身后事也是亲戚朋友帮着料理的。所有的事情都处理完之后，我独自在他的墓前大哭了一场，从那天开始，奇怪的事情就降临到了我的身上，每天下午三点整，我都会丧失八分钟的记忆。

心理医生的话，让我把路国明的死与这八分钟的记忆空白联系到了一起，时间上正好吻合。

"从你告诉我的症状来看，我认为你爱人的死让你受到了重大打击，甚至对人生失去了希望。而且，你刚才说自己很爱对方，可能你从感情上至今仍不能接受失去他的事实，从而给心理造成重压，引发了这些症状。

"我注意到，虽然你不知道自己在那八分钟里去了哪里、做过些什么，但从每一次的结果来看，我不得不认为你有某种自杀的倾向，它存在于你的潜意识里。

"这样吧，我给你开一些镇定的药物，舒缓你的精神压力。同时你自己也要想办法排解负面情绪，这样才有可能好转。"

我想自杀？

　　带着心理医生开给我的药，我回到了冷清的家中。路国明的照片仍挂在卧室的墙上，我对着他看了很久。不错，我真的很爱他，我难以接受没有他的事实。然而，我更清楚地知道，在另一个世界的他，一定希望我能好好地活下去。

　　"亲爱的，我永远都这样爱你。可是，我并不想死，我想活下去。我该怎么做？帮帮我。"对着他的遗像，我喃喃地道。

　　然而，第二天下午三点零八分，我再次猛地清醒过来，发现自己站在浴室的镜子前，手上拿着他的剃须刀片，左手腕上已经被割破了一道浅浅的伤口。

4 自杀企图

　　我感到十分害怕。

　　我明明想要好好地活下去，可是我的潜意识偏偏要跟我作对，每到下午三点就准时控制我的身体做些伤害自己的事情，再这样下去，我会被自己的潜意识害死。

　　接下来的几天我请了假，没有去上班。外面有太多的突发状况，还是待在家里比较安全。当然，我收起了所有能伤人的利器，把它们统统锁进抽屉里，甚至还把钥匙冲进了马桶。

　　我以为这样就足够安全，可惜我错了。

　　三点零八分，我准时醒过来，发现自己躺在地板上，接着就闻见一股刺鼻的煤气味。

　　我掩住口鼻，跌跌撞撞地冲进厨房关了煤气，再打开所有的门窗通风。幸好清醒得及时，除了头晕、恶心、呕吐之外，我没有出现更多的症状。

但逃得了一时，逃不了一世。随着时间的流逝，我越来越烦躁。

第二天的下午，我提前准备了绳子，把自己绑在椅子上。然而神智恢复之后，我发现自己不知怎么已经解开了束缚，还把椅子搬上了阳台，自己摇摇欲坠地站了上去。一阵风吹过，我打了个寒噤，险些把握不好重心摔下阳台。

从椅子上爬下来的时候，我感到自己的脚都软了。不能再这样下去，否则，我非死不可。

5 无法阻止的潜意识

我立即去找给我看病的郭医生，然而他去了外地开会，明天才能回来。辗转反侧地过了一晚，第二天一早，我就冲到了医院，向护士打听郭医生的行踪。

他还没有到。

我不死心，干脆坐在候诊大厅里等他，连午饭都没顾上吃。终于看见郭医生风尘仆仆地走进大门，我一跃而起，拉住他向他求救。

"冷静点，李小姐。"郭医生把我领到他的办公室，试图安抚我的情绪。

可是我怎么能冷静得下来？

"快救救我！吃了你给我的药，那些症状完全没有好转，反而越来越严重。你看，你看……"我指给他看手腕上的伤口，绝望地流出了眼泪，"我根本无法控制自己，每天，在那八分钟的时间，我都试着用各种各样的方法杀死自己。你再想不出治疗方案的话，我一定会死的！"

"李小姐，你听我说……"

"当"，就像有人在我脑中敲响了大钟，郭医生的脸忽然离我远去，他的声音也同样。我惊恐地意识到自己又将失去知觉，虽然还来不及看手表上的时间，但我相信指针一定指向三点钟。

这一次，我又将用何种方法自杀呢？

6 苏 醒

风声在耳边呼啸而过，我觉得自己似乎在飞翔。从某个遥远的地方，传来郭医生惊恐至极的声音："李小姐，不！"

我睁开眼，发现地面正快速向我接近。刹那之间，我明白发生了什么事——我从医院最高的楼顶上，跳了下来。

这一瞬间，我竟然想笑。原来人的潜意识竟有这么大的能量，就这样操纵着我的身体，违反着我的意愿，一次又一次、不遗余力地试图杀死我，而且，它做到了。

接触地面的那一刻，我的目光掠过腕上的手表，不偏不倚，停顿在三点零八分的位置。

一切都结束了，我闭上眼，等待进入永恒的黑暗……

"医生，她醒了！你看，她终于醒了！"忽然听见男人又惊又喜的声音，这声音竟十分熟悉。

我惊讶地睁开眼，发现自己正躺在医院的病床上，床边站着的男人，竟然是路国明。

他没有死？我也没有死？这究竟是怎么回事？我彻底糊涂了。

"李小姐，你能醒过来真是一个奇迹，如果不是你先生坚决不肯放弃治疗，现在你就是一个没有知觉的植物人了。"病床的另一侧传来医生的声音，我转头向他望去，不由一呆，是郭医生。

路国明紧紧地握住了我的手，激动得说不出话来，只是默默地流着眼泪。

看见我不解的神情，郭医生继续解释："你被歹徒刺中胸部，虽然及时送到我们医院进行了手术，但由于脑部缺氧过久，以至它停止了运转。

"我们尝试了所有的治疗方法，都不能令你的大脑恢复正常。最后，在你先生的坚持下，我们尝试了一种还在实验中的药物，它能够让你的脑部得到短暂的休息，然后慢慢康复。不过因为还在实验阶段，所以药效每次只能持续八分钟……"

八分钟？

我惊讶地张大了嘴巴，这岂不就是我总是失去的那些时间？也就是说，我一直处于昏迷之中，之前所发生的那些事，不过是一个植物人的梦境。或许是手术时我对郭医生留下了短暂的印象，所以在我的梦中，他仍然作为医生而存在，只不过变成了心理医生。

我一直以为自己的潜意识是要杀死我自己，而事实上，它却是要拯救我，把我从那个永远不会结束的梦中拉回现实。

"我们终于成功了！答应我，你再也不要离开我。"路国明终于控制住了自己的情绪，温柔地把我的手放在他的脸上，充满爱意地道。

7 未知的真相

之后的几天里，路国明把我照顾得无微不至，我沉浸在无比的幸福感中。这时我才明白，所谓幸福是与不幸相对应的，要不是经历过在梦境中失去了他的巨大痛苦，我也不会感受到如今的幸福。

然而，我的记忆中仍然有些混乱的地方。

比如说，我曾多次回忆过那个恐怖的、带给我们不幸的夜晚。我还清楚地记得他倒在血泊中的样子，那把刀插在他胸膛上的样子。

为什么最后中刀的人变成了我？

这点疑惑在我的心中慢慢扩散，我忽然想起了电影《盗梦空间》，你身处的现实，有可能只是一个梦境，而当你终于下定决心打破这个梦境的时候，或许你只是坠入了下一层的梦中。

什么是梦，什么是现实，我再也无法分辨清楚。

也许，现在这种幸福的生活才是我失去路国明后所编织的一个梦境，而我真正的人生，早在我从医院楼顶坠落下来的那刻开始，就已结束。

但我已无心去探寻真相，就算是梦境也好，只要还有路国明在我身边，只要它没有变得如现实般残酷，就好。

★ 隐身男友

1 安然的疑惑

郭玲打来电话的时候，杨安然正在为她们下午的聚会做准备。

她们俩再加上王希和赵小珊，是大学时的同学加室友，毕业后又一起来到上海打拼，在这最近的五六年中，她们聚在一起的时间比跟家里人还要多。

　　刚来上海找工作时，由于手头拮据，她们甚至还一起挤在一套不到四十平方米的小居室里过了很长时间，直到各自的工作稳定下来，才分别搬到了离工作地点近的地方。

　　即使如此，她们却还是约定，每个周日的下午是雷打不动的闺蜜聊天时间，由她们四人轮流做东，在家里招待其他人。

　　今天正是一个晴朗的周日，秋天的阳光慵懒地洒下来，已没有了夏天时的狂躁。天空现出了久违的蔚蓝清澈，习习凉风带来小区里月桂的清香，真是一个朋友聚会的好日子。

　　杨安然就是这次的东道主。郭玲在电话里笑着问："怎样？准备拿什么好东西来伺候我们这帮馋虫？"

　　"你果然是个吃货！不过我要先向你保密，总之下午包你满意就是。"其实，杨安然正在盘算要不要弄点什么怪味的食品来捉弄她们一下，她的性格活泼，总喜欢对身边的人搞点小小的恶作剧来调节气氛。

　　郭玲没有追问下去，随便又跟她闲扯了一番，准备挂电话的时候忽然又问："对了，前天下午在正大广场陪你逛街的男人是谁？新男朋友？"

　　杨安然一怔，她前天下午去过正大广场不错，但却是独自一人，哪里来的男朋友？

　　郭玲却不信："别隐瞒了。那个男人二十五六岁，头发天然卷，长得很不错，有点像张国荣。什么时候认识了这么好的男朋友，也不带出来让我们见见？"

　　杨安然百口莫辩，放下电话，她想起这已经不是第一次发生误会。

　　在此之前，王希和赵小珊也都曾提起过，某时某地，曾见到她与某男在一起。她们所说的那些时间，自己确实在那些地方不错，甚至连自己的穿着打扮她们都描述得分毫不差，唯有那个男人，简直就是莫名其妙。

一个人看错也就罢了，三个人全都会看错？她不禁有些疑惑。

2 诡异的聚会

把郭玲、王希和赵小珊安顿在客厅坐下，杨安然在厨房里忙乱了好一阵子，才端着准备好的茶点水果出来，却发现她们三个都在朝自己的卧室探头探脑，相互交头接耳，吃吃而笑。

杨安然疑惑地向自己的卧室望去，没有发现丝毫异样。再追问她们时，她们却笑而不语，或者干脆岔开了话题。

这种诡异的气氛一直延续到聚会结束。

最后送她们出门时，在门口换好鞋的赵小珊才转身向她暧昧地一笑："你究竟要瞒我们到什么时候？"

什么意思？杨安然想追问，但赵小珊已咯咯笑着下了楼，她只能用疑惑的目光望向了郭玲和王希。

她们俩也笑得花枝乱颤，表情暧昧。

郭玲一边笑，一边在她耳边轻声说："别装了！刚才你在厨房的时候，我们亲眼看见那男人溜进你的卧室，然后就一直躲在里面。打扰了你们的甜蜜约会，真是抱歉。"

杨安然终于反应过来，她大惊失色地冲回家中四处搜寻，连床下也没放过，却根本没有任何男人的影踪。

脸色铁青地回过头，杨安然发现郭玲和王希正站在门口静静地望着她，就连已经下楼的赵小珊也转了回来——看她们的眼神，一定觉得自己有什么地方不妥。

杨安然颤抖着开口："我没有男朋友，这房子里也根本没有什么男人。你们都看错了，是不是？"

一阵漫长的死寂。

然后，郭玲、王希和赵小珊互相看了看，都挤出一个有些勉强的笑容。

"那，那应该是我们看错了，不好意思……"王希支支吾吾地说了两句，郭玲却拉了拉她的衣服，三个人就匆忙告辞并离开了现场。

房间里恢复了原先的寂静。以前这寂静让杨安然觉得放松、舒适，现在却似乎有股凉气自后背渗入身体，她急忙冲到了阳台上，让自己沐浴在阳光之下。

没理由！

没理由她们三个都同时看错，难道真的有个男人一直在自己的身边？

杨安然忽然有些不寒而栗。

3 被伤害过的心

还没有走出杨安然家的小区，郭玲就已经忍不住哈哈大笑起来："她刚才的样子真的很好笑，是不是？"

被她这么一引，王希和赵小珊也都绷不住了，三个女孩就站在大街上笑成一团，引得路人纷纷侧目。

这是一场精心策划后的恶作剧，主谋就是郭玲。她们的计划开始于一个月前，为了达到逼真的效果，她们在一起勾勒出那个假想中男人的所有细节：他的身高、体重、外貌特征、习惯性动作、喜欢在什么样的店里打发时间、爱在什么地方约会……

然后三个人都背得滚瓜烂熟，无论她们中的哪一个偶然看见杨安然在某处单独出现，就会装着无意地打电话给她，点出那个男人的存在。

她们的目的就是吓唬她，而根据刚才的情形来看，效果很不错。

笑过之后，王希忽然开口："她好像被吓得不轻，我们是不是应该告诉她实情？"

赵小珊沉默了，她的目光投向郭玲。

敛去面上的笑容，郭玲分别向王希和赵小珊瞥了一眼："这么快？你们都玩够了吗？"见两人仍然沉默不语，她再次开口，"别忘了，大二时就是因为她的恶作剧，才害得你跟初恋男友分手。"

王希的目光闪动了一下。自那以后，她再没遇到过比他更适合自己的人。

"还有你——"郭玲看着赵小珊，"如果不是她藏起了你的文具包，你会因为找不到准考证而考研失败吗？"

赵小珊的表情也阴沉下来，那是一场她不愿再回想起的噩梦。

在她们这个四人的小团体中，杨安然从来就不是最讨人喜爱的那个。她戏弄她们，嘲笑她们，用各种不知真假的言语行动耍得她们团团转，事后又用最天真无辜的姿态期待得到她们的会心一笑。

孰不知，每一次恶作剧的背后，都隐藏着一颗被伤害了的心。

片刻的沉默之后，赵小珊昂起头来："暂时就不告诉她了吧。"

王希和郭玲都点了点头。

游戏还将继续下去，她们要一次次地提醒杨安然那个男人的存在。

如有必要，她们甚至可以催眠自己，好让那个虚构的男人变得无比真实，让杨安然不得不信。

4 害人者，终害己

杨安然开始疑神疑鬼。

半夜里她会猛地惊醒，然后打开所有的灯疯狂地搜索一番，直到确定连一只蟑螂也没有才肯继续入睡；走在路上，她会借助所有镜子或类似镜子的物体，偷偷观察镜中的自己，以确定身畔并没有其他人。

这样的日子没有持续太长时间。

有一天她经过商场橱窗，又条件反射式地向它望过去，忽然看见玻璃上映出自己身旁，有个男人正微笑地看着她——二十五六岁，头发天然卷，有点像张国荣，跟女友们所说的一模一样。

她似乎听见自己脑中的某个地方在歇斯底里地尖叫不已，随即便是一片空白。

……

郭玲、王希和赵小珊缓缓走在精神病院的走廊上。得知杨安然被送到这里的消息时，她们都有几分愕然，然而不知为何，却又有种如释重负的感觉。

相比较王希和赵小珊的惊慌，郭玲则镇定得多。她曾看过一些心理学的书籍，知道一个人若是接受了太多相同的暗示，就有可能信以为真，但是没有想到杨安然接受暗示的速度这么快。

从门上的小窗望进去，身穿病服的杨安然就像身边还有另一个人似的，对着空气时而微笑，时而低语。

郭玲凝视着她，这样子的她或许再也无法知道自己曾经做错些什么。但，她曾给王希、赵小珊和自己所造成的那些伤害，还是会留在她们的心里。

就像郭玲，她仍清楚地记得，曾有个害羞的男孩鼓起勇气打电话到她们家约她，接电话的是杨安然，她自作主张要那个男孩在十分钟之内出现在她们家楼下。男孩尽力赶来，却在离她们家只有两个路口的地方倒在了血泊中。

最可笑的是，当时正巧从那里经过的郭玲，甚至都不知道这场车祸竟同自己有关。

那个男孩子，死的时候只有二十五岁，天然卷的头发，笑起来像极了张国荣，轻易就俘获了郭玲的心。然而他们之间，还没有开始就已经结束。

向医院门口走的时候，郭玲一直想着自己爱过的那个男孩。

"麻烦让让。"忽然，有一个男人跟她们擦肩而过。

郭玲惊讶地转过头去，发现他已经像轻烟般飘入杨安然的房中，她飞快地追上前去，刚来得及听见房里的杨安然充满喜悦地开口："你终于回来了。"

郭玲不敢相信自己的眼睛，任身后的王希和赵小珊拼命要拉她离开，她却只是瞪着杨安然身边的那个男人不放。他早已死了，如今只是活在她们为杨安然所编造出的幻象中，怎么会真的出现在自己的眼前？

疯的人究竟是杨安然，还是她自己？

忽然之间，郭玲心中已混沌难分。

第四章

幸福彼岸，总有天使在守候

★ 恋人未满

1 恋爱中的人都是蠢货

安雅哭丧着脸在李岩面前坐了下来，后者正专心致志地对付着一大盘海南鸡饭，听见动静头也没抬，继续以风卷残云的势头准备结束这场战斗。

"我失恋了。"安雅盯着他那厚厚的眼镜片上映出的两盘海南鸡饭，忧伤地开口。

"这句话早上你不是说过好几遍了？如果再加上昨晚跟酒嗝一起打出来的，我肯定重复听过四十七次。你确定你的语言能力没出现障碍？不然怎么老是同样的四个字高频率重复。"李岩终于停下了手上的动作，用观察实验对象的眼神瞅着她。

"还不是因为你老是这种反应？"安雅忍不住肝火上升，愤慨地敲了敲桌子，"给点同情心好不好？我失恋了，换了其他人说不定会去寻死。"

李岩若无其事地又拿起了筷子："你也说了是其他人，而且我相信，就算其他人都死绝了，你也还是会活得好好的。"

"唉……"安雅无力地垂下头。

虽然早知道跟这个理科书呆子倾诉是浪费感情，但是除了这家伙

163

之外，她竟然找不到别的人选。想到这一点，她更觉得自己是个彻头彻尾的失败者，谈恋爱如此，交朋友也是如此。

对面那书呆子听见这声长得吓死人的叹息，抬起头又盯了她一会儿，然后开口道："再说，根据我的观察，你男朋友的功能不过是帮你打水打饭、搬运重物、去自习教室占座、当你的代步工具……总而言之，就是大幅度减少你的运动量，所以你应该庆幸自己终于摆脱了他，这样以后你就不用老嚷嚷着减肥了。"

气死我了！

这是安雅听了上面几句话后的第一反应，自己纯真的校园恋情，被李岩那张狗嘴一评价，立马堕落成了可耻的利用与被利用关系，她的境界也立即被拉低到跟社会中那些拜金女们差不多的层次。

她张了张嘴，想申辩，想发飙，最终却还是不甘心地叹了口气。

仔细想想，李岩的话说得没错。安雅努力回想自己跟胡平这场短暂恋情的开始、过程和结束，自己确曾为找到了一个招之即来、挥之即去的标准男友而沾沾自喜过。

至于胡平，她一直怀疑他的最终目的不过是诳自己上床，但还没有来得及验证这一点，那混蛋已经移情别恋了。

"可是凭什么！"忽然想起了什么，安雅又义愤填膺地敲起了桌子，令坐在附近的几拨人都朝他们这边张望，"凭什么他竟然为了那个抄书都会挂科的蠢女人甩了我？你说，她有什么比我强的？"

其实，这才是令她想不开的关键原因，自己的男朋友被另一个女人撬了，而且那是个她根本看不上眼的蠢货，任何女人都会觉得这是一种奇耻大辱。

李岩不咸不淡地看了她一眼："她个子比你高，腰比你细，眼睛比你大。最重要的是，男生都觉得跟她上床的几率比较高，因为她蠢……这一点你没说错。"

安雅气得脸都绿了："这是你的看法，还是那混蛋的？"

那家伙丝毫不在意她的愤怒，慢条斯理地开口："这是我对身边的雄性进行抽样调查的结果，因此带有一定的普遍性。"

安雅咬牙切齿："所以，男人都是蠢货！"只要女人年轻漂亮，即使智商为负数，他们都趋之若鹜。

李岩挑了挑眉毛："错，应该说恋爱中的人都是蠢货，无论男女。"

安雅哑口无言地望了他半晌，然后小心翼翼地开口："李岩，我给你介绍个女朋友吧，不然你迟早会心理变态。"

"你是想把我的智商拉低到跟你一样，再用你的经验打败我？"李岩安然咽下了最后一口饭，虽然安雅正在心里诅咒他最好被噎死，但见他飞快地收拾了自己的东西，"我下午还有课，先闪了。"

安雅盯着他的背影，不死心地动起了歪脑筋。

2 受伤的青梅竹马

安雅和李岩是传说中的青梅竹马，从穿开裆裤时起就在一起摸爬滚打，巧的是，从小学、初中到高中还都被编进了同一个班级，直到文理分科时才打散了他们。不过没多久，两人又考上了同一所大学，重拾儿时的友谊。

一个是以浪漫为天性的文科女，一个是逻辑思维占主导的理科男，如果不是曾经在一起厮混过那么多年，这两个性格南辕北辙的人八竿子也打不到一起去。

入学以来，一直忙于恋爱的安雅现在终于清闲了下来，于是头一次意识到李岩这家伙很不正常，跟他火箭一样上扬的智商相比，他的情商可怜到接近负值。身为他的好友（而且很可能是唯一的一个），安雅觉得有责任把他导入正常人的轨道。

她开始卖力地把李岩推销给身边的女生，谁知道那些女生在见过李岩后一个个跑得比兔子还快。

没办法，这年头内在美哪及得上高帅富，《生活大爆炸》里的美女潘妮也要经过漫长的岁月才会爱上其貌不扬的莱纳德。更何况李岩还不是莱纳德，他那毫不圆滑的处世态度以及一针见血的毒舌，更像人憎鬼厌的谢尔顿。

安雅有些沮丧地想：李岩甚至还不如谢尔顿，人家除了怪和宅以外，至少还迷恋《星球大战》《蝙蝠侠》的 Costume Play 什么的，而她的李岩同学，竟连个像样点的爱好也没有。

为了推销李岩，她卖力地回忆他身上有哪些优点。第一条应该是诚实，从小到大，她没听李岩说过一句谎话。当然，或许是因为那家伙认为自己的一切行为都是正当合理的，完全没有遮掩的必要。

但这一优点立即被女生批得体无完肤：连句甜言蜜语也不会，说出来的真话能把人气死，这么容易得罪人，还不如虚伪的好。

安雅只有继续搜索记忆。对了，善良有爱心，乐于助人。小学时，每周得小红花最多的就是李岩，路上碰见受伤的猫猫狗狗，他也总要把它们抱回去治好才安心，遇到需要帮助的人更是倾囊相助。

结果她还没说完，就被那些女生一顿猛批：他的爱心和金钱都浪费在别人和小动物身上了，作为他的女朋友还能分到多少啊！

这样她提出一条，她们就否决一条，再加上许多匪夷所思的评论。最后，安雅忽然就火了："我看出来了，你们想要的就是那种高大威猛浪漫多金懂得花言巧语的公子哥儿！但关键问题是，就算有这样的人放在面前，能看上你们吗？"

发泄完，她头也不回地跑了，边跑边纳闷这个世界究竟是怎么了，男的是这样，女的也是这样，而且这还是在有象牙塔之称的大学校园里。

物质至上，功利主义，充斥在他们身边的每一立方空气中。安雅很为李岩抱不平，毕竟，他是个很好的男生，可惜无人欣赏。

3 流星惹的祸

半夜三点安雅被电话吵醒，她迷迷糊糊地按下接听键，立即听见李岩那有些兴奋的声音："快，我在楼下等你。"

安雅看看窗外黑沉沉的天："你吃错药了？"

"不是说好今晚去看狮子座流星雨的吗？"李岩的声音里增加了几分怀疑，"你忘记了？"

忽然想起来了，这家伙也不是一点儿爱好没有，他的兴趣就是观测天体，而且喜欢揪上身边的人一起欣赏。安雅跟他认识还不到一年的时候，就已经被迫把这辈子能看的星星都看遍了。

安雅打了个哈欠，万般无奈地开口："等我几分钟。"

她一定是疯了或者喝醉了，才在几个月前就把今晚的时间预定给了李岩。但答应了的事情就要做到，五分钟以后，蓬头垢面、披着睡衣、睡眼蒙眬的她就出现在了李岩的面前。

李岩对她那不修边幅的邋遢形象完全视若无睹，兴高采烈地拖着她就往学校后面的小山上冲，据他说，那是附近最佳的天体观测场所。

并排躺在山顶的一块空地上，李岩这家伙服务周到地带上了防湿垫、大毛毯，甚至还有饮料和零食。

安雅盯着夜空看了很久，连颗流星的影子也没看到，情不自禁地又打起了哈欠。身边的李岩却不失时机地向她科普起了星座知识，甚至对稀奇古怪的传说也如数家珍。

安雅觉得这有点像他们小时候所度过的许多个夏天，两家人坐在一起纳凉，大人聊着家常，小孩子玩闹累了以后就躺到凉席上数星星。

她怀念起那种无忧无虑的日子，完全放松，无需伪装。哪像现在，如果哪天她忘了精心打扮自己，就这样蓬头垢面地出现在任何一个男朋友面前，那结果只有一个——分手。

她偷偷看了身边的李岩一眼，从这个角度来说，也许反而是这家伙最适合自己，因为只有他全盘接受自己的优缺点，容忍她的所有坏习惯。

"李岩，我现在这个样子是不是丑爆了？"头发没梳、脸没洗、牙没刷、穿着睡衣踢着拖鞋，这个形象，安雅自己都懒得看。

李岩停下长篇大论，向她扫了一眼："还好啊，比起你那晚喝醉了酒又哭又笑还吐在了我身上……顺眼多了。"

能由着她深更半夜这样折腾，还耐心帮她拾掇干净再送回宿舍的男生，也就只有他一个了。

安雅感慨地开口："除了我家里的人，世界上对我最好的就是你了。你要是个 gay 就好了，我可以永远跟你这样厮混下去而不必担心产生爱上你的冲动。"

事实上，这段不遗余力推销他的日子里，她发现自己产生这种冲动的几率大增：一方面自然是因为空窗期的寂寞；另一方面，则是因为在推销他的过程中，她才重新回想起他是个多么好的男生。

"开学前你爸妈交代过我要照顾你的，而且……"李岩的话忽然停顿了一下，过了半晌他才用疑惑的口气说，"你说如果我是 gay 的话，你就不必担心产生爱上我的冲动，但我不是 gay，也就是说……"

"流星！"没等他用逻辑思维把这件事搞清楚，安雅及时转移了话题。

竟然对这家伙有好感？他知道后的反应会打击死她的，她可不想冒这个险。

4 友达以上，恋人未满

安雅狼吞虎咽着自己最爱的黄金猪扒饭，从失恋的阴影中走出来以后，她的兴趣就完全转移到了美食上面。去他的体重超标和淑女形象，李岩说得对，无论胖瘦美丑，她仍然是她。

刚想到李岩，这家伙就端着盘子在她的对面坐了下来，而且反常地没有立即加入扫荡美食的战斗。

安雅困惑地抬起眼睛看看他，然后发现这家伙正拧着眉盯着自己，脸上的表情既矛盾又困惑。她吓了一跳，急忙费力地把满嘴的食物咽下去："看什么？你又不是没见过我这样吃饭？"

李岩似乎下定了决心，摆出一副严肃的表情："我一直在想那天晚上你说的事情……"

哪天晚上？安雅张张嘴，忽然又心虚地闭上了。

李岩无奈地叹了口气："因为我绝对不可能是个 gay，而且又想维持跟你目前的关系，所以我不反对你爱上我。"

安雅差点把嘴里的饭喷出来。

看见了她的表情，李岩内心挣扎了片刻，终于又勉强地开口："好吧，如果你觉得这样还不够有安全感的话，我也可以接受你成为我名义上的女朋友。反正我答应了你爸妈要照顾你，也省得你老去招惹一些乱七八糟的男生，然后哭得稀里哗啦地收场，最后还要我来收拾烂摊子。

"当然，你介绍女生给我认识的那些可笑举动也可以停止了。这样总算一举三得，大家满意。"

安雅目瞪口呆地听着，开始还有些气恼，听到最后简直有想爆笑的冲动："李岩，你以为男女朋友关系就这样简单？成为我男朋友后，你还要承担许多额外的义务。"

李岩有些惊慌地望着她："都有哪些？"

"比如说……"安雅不怀好意地看着他，忽然凶猛地挥动手中的叉子，从他的盘子里捞走了他最爱吃的鸡腿，"你的就是我的，要有这个意识。"

从李岩的表情可以看出来，他的内心正在进行着激烈的思想斗争，但片刻之后镇定了下来："好吧。"

安雅像看怪物一样看着他："别勉强。"

李岩大义凛然地摆了摆手："那些都不重要，重要的是，现在你不会因为担心爱上我而疏远我了吧？"

这傻瓜所做的一切都是为了维护他们之间的友谊，安雅感到好笑的同时，又有些感动："你说，我们会不会永远这么要好，不因为任何事而改变？"

李岩沉思了片刻："理论上不可能，不过，我觉得或许能行。那么说，你同意了？"

尝试一下又何妨呢？纯洁的异性友谊，或许终将会有升华成爱情的那一天，只要面前这书呆子像她一样进入青春期。

安雅笑着点头，李岩的表情放松下来，终于开始扒拉自己盘子里的饭菜。

吃了两口，安雅忽然有些不放心地看了他一眼："你的青春期什么时候才能来？"

"什么？"李岩像傻瓜一样盯着她。

"算了。"安雅笑笑。

在这方面，她才是专家，所以唯一需要做的，就是凭借自己丰富的经验打败他，像他所说过的那样。

★ 城堡里的 Cinderella

1 莫小可

莫小可是女生中公认的怪胎。

比如，全校的男男女女都忙着演练《江南 Style》，各自为层出不穷的偶像摇旗呐喊，弄得校园跟娱乐现场似的。就有没长眼的人追问碰巧路过的莫小可："你是谁的粉丝？"

莫小可翻了个大大的白眼："我是莫小可。"便抱着书翩然走过，那冷淡的回答、昂然的背影，给人一种大理石雕像般的感觉。

莫小可，F 大法学院三年级学生，对所有女生着迷的事物无动于衷，身上也欠缺了身为女生的一些特质。

同宿舍的女生一起出去，在路上看见一条毛毛虫，其他三个人抱在一起尖叫的同时，只有莫小可带着亘古不变的冷漠用足尖把它踢到一边。

路过奢华的品牌专卖店，虽然知道买不起，其他女生还是忍不住多看几眼，发出一声声叹息，只有莫小可却视而不见地径直走过。

最让人觉得不解的是，莫小可竟然不相信爱情。

大一刚入学时，曾经有不少男生被她清纯可爱的容貌所迷惑，斗胆想攻克这座F大有史以来最坚固的堡垒，结果，莫小可用比法律还缜密的逻辑加语言向他们论证了爱情的虚无渺茫、难以捉摸、不可信赖，导致男生们纷纷铩羽而归的同时，还留下了不同程度的心理阴影。

比如，曾在校园里叱咤风云的校草学长，利用从莫小可那里研习到的怀疑理论，先后捕捉到三任女友脚踏两船的蛛丝马迹，最终心灰意冷，看破红尘升级成不谈风月的学霸。

再比如，曾对自己信心爆棚的花花公子富二代，从此产生了深切的自卑感，觉得抛开财富自己就是个恋爱能力负五级的渣渣，根本没有正常女孩会看上自己。

瞧，莫小可就像是个深不可测的宇宙黑洞，把靠近她身边的所有爱情或疑似爱情吸纳并完全摧毁。久而久之，大家得出了结论：她，是个不折不扣的怪胎。

2 陈 默

陈默正式认识莫小可完全出于巧合。

那天他骑着自行车在人来人往的校园里穿梭，因为是午餐时间，人比平时多了几倍。

这对于新车上手的他来说无疑是一场极大的考验。

前面那个淡蓝色的身影，让他忽然回忆起了不久前所见过的大理石雕像，心中油然生出同当时一样的羞愧和无地自容感。

不错，他就是那个很没头脑地追问了莫小可那无聊问题的男生。莫小可的回答令他忽然觉得自己非常之无聊，恨不得能当场找到地缝隐藏住自己那渺小的身体。

他寻思着自己该不该绕路而行，谁能担保前面的那个短发女生不是莫小可本人呢？

然而，越是慌乱越是容易出错，他把车头勉强地向左边一打，后面立即就有人吆喝了一声："干嘛呢干嘛呢？没看见有车吗？"

他慌张地又向右打，感觉到自己身子左边"呼"的一声，如风般地过去一辆老爷车，上面的剽悍男生很不悦地瞪了他一眼。

"挤什么啊？找死！"右边是一女生，竖着眉毛对他横了一眼。

陈默看看对方那价格不菲的坐骑，不由得心生敬畏，连忙又让车头回到最初的方向。

就这么几下，骑自行车最关键的那种微妙平衡从他的身上彻底失去，他大惊失色地看着车的前轮不偏不倚地猛撞上了那淡蓝色的背影。

咣——当。

陈默和淡蓝色都坐倒在地上，摔得七荤八素的他忙不迭地道歉："对不起，对不起。"

但是一抬眼，他整个人都傻了。

这就叫狭路相逢吧？坐在散落一地的书的中央，莫小可用难以理解的冷静眼神盯了他一眼，便开始收拾自己的书。

陈默胆战心惊地主动帮她捡起剩下的书。

她再抬起眼睛看了他一眼，同样的淡漠眼神："谢谢。"

听错了？陈默早已准备好承受几个白眼加训诫（他并不认为莫小可会像有的女生那样哇哇大哭），可是对方却竟然对他说谢谢——只是帮她捡起了几本书，就可以前事不计了吗？

"有没有撞伤？我送你去校医院吧？"他扶起倒在一旁的自行车。

"谢谢，不用了，我不想在被撞过以后又被摔一次。"

这是典型的莫小可式回答，毫不掩饰对于陈默骑车技术的不信任。陈默只有苦笑一下，看着她慢慢向前走去。

逞强的莫小可终于还是没有战胜脚踝处的刺痛，她停下来，揉了揉自己的脚踝，发现有些肿了。

陈默从后面赶上来："还是我送你去吧。你坐上来，我推你过去。"

再次打量了面前的男生几眼，似乎对于他的臂力和走路的平衡还算比较放心，莫小可没有再拒绝。

陈默，F大法学院二年级学生。起初在莫小可的印象中只是一个白痴（竟然敢问她那种超级无聊的烂问题），由于这个晴朗中午的邂逅，荣升为怪胎一族。

因为，他竟然和怪胎莫小可成为了好朋友。

3 A secret makes a woman woman

很久以后，他们再回忆起这一次的相遇，陈默向莫小可问了一个早就想问的问题："你当时就没发现我是那个问你是谁的粉丝的傻瓜？"

莫小可习惯性地翻了个白眼："你不知道白痴是会传染的吗？所

以我才不会记住有关白痴的任何事情。"

"那么，你就没把我当成故意制造机会搭讪的不良分子？"陈默目光炯炯地盯住她，"不过，你应该不知道这种最新型的战术吧？"

"哼！"莫小可轻蔑地从鼻子里发出这么一个单音节词，"别把我当成跟你一样的白痴。这种伎俩我老早就知道，要诀就是不轻不重地骑车撞上自己心仪的帅哥或美女嘛。不过，打从一开始我就断定你脑袋里不可能装有这种档次的诡计。"

"哦？"陈默不知道自己该露出什么样的表情才合适。

"因为，你那一下实在是撞得我很痛很痛，非常痛！"莫小可终于难得地露出有些狰狞的表情，看起来就像是一只被踩到了尾巴而张牙舞爪想要扑过来的猫。

"对不起，下次的话，我一定会非常非常注意，务必要达到既不轻又不重的最高境界。"陈默的唇角绽出了淡淡的微笑，他用温和的眼神凝视着面前的莫小可，眸子里有些莫测高深。

"麻烦你下次另外找一个目标练习。我警告你，你要是再敢用你那辆破车碰我一下，我就让你和它一起从F大消失。"莫小可凶狠地用手指住他。

"你好像也是学法律的吧？刚才这一句，应该算得上是确定无误的人身恐吓了吧？我可以告你的。"陈默仍然沉静地凝视着她的脸，几乎有些出了神，然后发现了这一点的他，把目光投向了她那直指向自己的挑衅的手。

"请便。不过到了法庭上可是要讲证据的，你的证据呢？怎样证明我恐吓过你？"莫小可顽皮地笑了，那笑容不知怎的，让人联想起怒放的花朵。

"莫小可,原来你是一个很漂亮的女生嘛。"陈默故作惊讶状,夸张地开口。

"少来!如果想夸奖一个女生,要说她美丽而不是漂亮,前者有内涵,而后者只是花瓶,懂不懂?而夸奖我莫小可,要说有个性、够特别、独具魅力……下略若干形容词,明白了吗?"

陈默笑了,瘦长的身体倚在了身后的栏杆上:"对不起,白痴只记得住一个词,所以我只会说,莫小可,你笑起来很漂亮。为什么不多笑笑呢?"

"哈!"莫小可用法国式的夸张声调发出这一声,"我有必要整天笑脸迎人吗?如果那笑容只是虚伪,如果它只是建立在脆弱的基础上,我宁愿用我最真实的表情去代替它。"

"唉……莫小可,你知不知道,如果你不是总这么理智的话,会有许多男生爱上你的。"

"爱?"莫小可发出更加夸张的一声表达出她强烈的质疑,"到底什么才是爱呢?我们身边那么多的人宣称自己爱了,但我看他们只是因为寂寞、无聊或者容貌……爱一个人究竟可以爱多久?如果只是一个转身的时间,就可以重新爱上另一个人,所谓爱情,本身就只是一个拙劣的玩笑吧?"

陈默专注地盯住她:"……莫小可,为什么你总在怀疑和否定一切感情?"

"错!我所怀疑和否定的,只是爱情而已。"

"那么,能给出个理由吗?为什么你这么不相信爱情?"

"我们的身边,分分合合的例子还不够多吗?有的人可以同时爱上好几个人,有的人在下一秒钟就移情别恋,有的人会用计算器算好每一分财产……爱情，只是一个名词罢了。"

"你的理由是什么？你自己的理由，让你不相信爱情的理由？"

莫小可沉默下来，转过头来瞅着他，脸上再次是他无法看透的大理石般的冷峻，然后慢慢地，这冷峻融化成淡淡笑容："想要打探我的隐私吗？希望从我这里听一个有关爱情的悲伤故事吗？No，你会失望的，我只是个没有故事的普通女生，即使有，我也不会告诉任何人。You know？A secret makes a woman woman。"

有秘密的女人才更有女人味？

陈默不知道自己的理解是否准确，但是在傍晚的微风吹拂下，莫小可那轻轻伏在栏杆上的背影，如神秘的精灵，更激起了他探寻的冲动。

时间是初夏，空气中弥漫着阳光和恋爱的味道，而他们却站在静静的教学楼上，拒绝谈论爱情。

4 感 染

出双入对的莫小可和陈默让校园里的人都跌破眼镜，然而当事人却似乎一无所知，继续坦荡地出现在各种公开场合。

在局外人的眼中，陈默俨然已担任起了男朋友的全部职责：买饭、打水、抢位占座……等等，但他和莫小可却都否认这个传闻。

"不过是个白痴……"淡定地翻着厚厚的法典，对于室友们提出的问题，莫小可漫不经心地答到一半，却又停了下来，半晌才补完答案，"加苦力而已。"

谁叫他撞伤她的腿？身为未来的法律界人士，莫小可才不会放过这个索取精神损失费的实战机会。可是，那个名叫陈默的傻瓜却毫无抗辩，照单全收，每天都乐颠颠地骑着那辆老爷车载着她穿行于校园中，在她伤好以后也不例外。

室友一脸的坏笑："白痴加苦力，却似乎让你的心情很愉快。"

即使莫小可，也无法反驳显而易见的事实，所以她只是耸耸肩："有免费劳动力可以使唤，谁都会心情愉快。更何况，白痴太单纯，完全没有提防的必要，像水，像空气。"

可是她忽略了，水和空气简单到人畜无害，却又重要到不可或缺。这是思维缜密的莫小可，在认识陈默后所犯的第一个错误，并且绝不是最后一个。

糟糕，快要被白痴感染了。

莫小可有些担心自己，隔离疗法本该是最佳选择。但她盯着陈默脸上的憨笑看了良久，最后只是无奈地叹了口气。

敏锐地捕捉到了这声叹息，陈默认真地问："为什么叹气？"

"遗弃白痴果然是种不道德的行为，会被众人谴责的吧？"莫小可答非所问。

妙的是，陈默的思维却跟她合上了拍子："当然！不仅不道德，那还是严重的犯罪……你该不会遗弃学弟了吧？"

看着他小狗一样可怜兮兮的眼神，莫小可重重地拍拍他的肩："放心，虽然你是个白痴，但我还是会想办法拯救你的。"

如果我不再是白痴呢？陈默望着她的脸，忽然有些惆怅地想。

5 陌生人

九月的天空带一抹忧郁的蓝，陈默想起这是可以和莫小可在 F 大里共度的最后一学年的开始，情不自禁地叹出长长的一口气。而莫小可，仍然没心没肺地挽着他的胳膊向新开张的书店里兴奋地挤。

"莫小可，你这样会引起别人误会的。"确实，他们手挽手的那种姿势，像煞了几步开外的几对情侣。

"白痴是没有性别的。"然后是一个大白眼。

"别人可未必这样想。"陈默得意地扬扬头，似乎乐得引起无谓的误会。

"再说，我对年纪比自己小的家伙一点儿兴趣也没有。"

"莫小可，你有严重的年龄歧视！"陈默立即抗议，但是感觉到她挽住自己的手臂忽然僵了一僵。

顺着她的目光望过去，那是一个以前在校园里没有见过的男人，很认真地翻阅着几本艰涩难懂的学术书籍。那种书，至少要到博士级别才敢把它们取下翻开。

莫小可出神地凝视着那个男人，虽然眼神中什么信息也没有透露出来，陈默却敏感地察觉到了她内心的暗潮涌动。他忽然莫名地嫉妒那个男人，若他和莫小可别后经年，再见面时，他能否在她的心中也引起同样的波澜？

"小可？"男人忽然望见了他们，一怔之后，便迫不及待地从人群那边挤过来，"原来你也在这所学校。"

莫小可恢复成大理石般的无情冷漠："对不起，我不认识你。"然后硬是拖着陈默挤出了人群。

回头望一眼，男人仍然呆怔在那里，陈默忍不住开口："他是……"

"陌生人。"莫小可的回答斩钉截铁，然后口气轻松地转移了话题，"中午去尝尝新开的那家冰火缘吧，据说很不错的。"

陌生人？

他明明记得她望向那人时，那不是在看一个陌生人的眼神。

A secret makes a woman woman。

那男人，就是莫小可的秘密之一吗？

6 关在城堡里的 Cinderella

陈默没有想到是陌生人主动来找他。

光线昏暗的湖边，两个人有些尴尬地面对面站着，倒像是某个严肃的谈判即将开场。

"你是莫小可的男朋友？"这是陌生人的第一句话。

"啊……"迟疑了一下，陈默只能很不甘心地否认，"不是。"

对方的双眸深深地凝视着他："那么，你也爱她吗？"

陈默注意到对方用的是"也"字，便把双手插进了裤兜里，因为它们已经不自觉地紧握成拳，显示出他内心的极不平静，"那又怎样？"

"如果是的话，就请你拯救她吧。"陌生人平静地开口，停顿了一下，他又补充了一句，"拯救一个自己封闭自己、自己把自己关进城堡的 Cinderella。"

也许所有的公主，都需要有一个王子拯救。可是陈默不明白，为什么对方会心甘情愿地把这个权利交给他？

对方清秀的脸上现出一丝苦涩的笑容："我是小可的姐夫，曾经。"

那是一个单纯如陈默的男生，所不大能理解的故事。

陌生人在读硕士的时候，认识了莫小可的姐姐，两个人都已经是适婚年龄，各方面似乎都很匹配，很快就到了谈婚论嫁的地步。于是，双方各自把对方介绍给自己的家庭，一切都水到渠成。

就是在那个时候，这场看来天衣无缝的婚姻里，出现了第一个不和谐音符。

陌生人爱上了未婚妻的妹妹，那个还在读高中的短发精灵。那场爱情来得那么突然，但却叫人没有一丝一毫的力量可以抵抗。陌生人的理智曾经激烈地挣扎过，但是，所有的努力，最终都陷落在莫小可那淡然的笑容中。

虽然明知道莫小可不可能爱自己，他还是不顾一切地同她的姐姐解除了婚约，并且冲动地向她表白了爱意。

就像是一场风暴席卷了莫小可的一家，而莫小可，就处于这风暴的最中心。有生以来所遭遇的最激烈的这场爱情，摧毁了她心中所有对于爱情的幻想和信仰。

看着悲痛欲绝的姐姐，她忽然发现，原来爱情是如此不可捕捉的东西，背叛比呼吸更简单，看上去再完美无缺的男子，翻起脸来也比秋风无情。

"她已经不可能再相信我，我也无法再告诉她，并非所有的爱情都只有走向背叛一途。"陌生人的笑容里有些惨淡的成分，"我早已是背叛者的代名词，又如何奢望她能相信？唯有对她的感情，是我这一生中最为珍贵的体验——是她让我相信爱情，原来爱情真的可以如此浓烈。然而，又是我摧毁她对于爱情的纯洁信仰。她就像一个渴望幸福、渴望被爱的灰姑娘，却只能把自己封锁在怀疑的城堡中，不再敢奢望爱情。"

所以，莫小可不相信爱情。然而，她冷峻的外表下，却隐藏着一颗比谁都更渴望得到真实爱情的心。

陈默的心忽然有一些痛。这就是当初自己在她的眼眸里，捕捉到的那一丝无迹可寻的淡淡忧郁的本源吗？

那个冷静犹如大理石雕像、自负如同上帝的女生，眸子中却隐藏了淡淡的忧郁和寂寞，使得与她四目相对的他，瞬间遗忘了自己身处何方。

与莫小可相比较，那些都无足轻重。莫小可，才是他陈默所应该探究的真正目标。

这就是在那一刻，陈默心中所许下的坚定诺言。

7 以友情的名义

"莫小可。"

"嗯？"

"莫小可。"

"什么？"

"莫小可。"

"你到底烦不烦？"莫小可跳起来，陈默的头上挨了一记重重的爆栗。

"……谈一场恋爱吧？"憨憨地摸摸自己的头，陈默平静地开口。

莫小可盯住他："你有神经病？"

"只有一年就毕业了，不可惜吗？"

"哼……"莫小可伏在了栏杆上，"我才不想去找个无聊的男生来消磨彼此的时间，最后给他一个机会背叛我呢。知道吗？男人这种生物，恐怕就是为了背叛女人而存在的吧？"

"莫小可，你伤了我的心，我也是被你所指责的男人中的一员啊！"陈默夸张地叫，同时捧住自己的心脏作蹙眉状。

莫小可爆笑起来，很随便地拍了拍他的头——虽然比对方矮了一个头，她做起这个动作来却仍然无比自然，"你放心，白痴是没有性别的，所以我说的并不包括你。"

"可是白痴也需要爱情呀！"

陈默的口气突如其来的认真，莫小可止住了笑，呆呆地盯着他，头一次表现出了几分不知所措。

"……白痴又怎么会知道自己需要些什么？"停顿半晌，莫小可终于开口，仍然带着笑，然而那笑是内敛的、温和的。

"其实，那一次我是故意骑车撞你的。"只是他的技术太差，失控到让她躺在校医院三天。

"我知道。"即使那时还不知道，这么久以来也终究会知道的——谁不曾怀疑过，然后又患得患失？

"……相信我会一直对你好吗？"

"相信，你是白痴嘛。"

"……相信我会一直陪在你身边吗？"

"相信，理由同上。"

"……相信我喜欢你吗？"

"……也相信，白痴始终还是白痴。"没有前两次回答得干净利落，但终归还是回答了。

陈默的眼眸里流露出欣喜的光芒，一伸手，想要揽住眼前的人，却被她顽皮地闪开了。

她跳到几步外的地方，脸上现出狡黠的笑容："我莫小可，相信陈默以上所说的所有证言。但是，并非基于所谓的爱情，而只是基于友情。"

他耸耸肩："随便你。"

反正在她莫小可的眼中，爱情也不过就是一个名词罢了，那么，究竟是称作爱情或是友情，对他来说又有什么不同？

莫小可可以不相信爱情，可以不相信友情，可以不相信这世上的一切，只要她还肯相信陈默，那么对陈默来说，就已经足够了。

九月的微风吹过 F 大的校园，暖暖的，却又透出些蓝色的清凉。

莫小可再自然不过地挽起了陈默的胳膊，向着教学楼走去。

★ 星　光

1 周　炎

周炎同往常一样，摆弄着那架摄像机。

这是在拍摄的间隙中，他唯一的嗜好。以至于有人曾经怀疑过，摄像机才是他真正的双眼，离开了它，他就无法像正常人一样去观察身边的一切。

周炎是一个摄像师，很专业的那种，很多剧组都希望能请到他来为他们拍摄。

当然，他的有名，只是在圈内。

圈外的人，只会为某某明星而欢呼雀跃，至多还知道某某导演、编剧，谁还会记得隐匿在影视剧幕后的更多英雄？他们不知道拍摄一部电影或电视剧有多辛苦，一天之中有多少的景要布，有多少的灯光要打，要多少次地来回搬运那些沉重的长枪短炮。

当然，也有快乐的时候，那种新鲜感和无时无刻不在发生着的变化，强烈地吸引着他，这也正是他选择这个职业的原因。

渴望改变，喜欢体验不同的人生，随着不同的剧组漂泊在不同的城市，还不到三十岁的年纪，足迹却已踏遍了大半个中国——这样的周炎，或许在普通人心目中就是最典型的浪子形象吧？

淡然地一笑，周炎拨开几缕散在了眼前的乱发，凑上前去，透过镜头随意地扫视着已经布置成上个世纪三四十年代景象的街道。

镜头缓缓地移过，正是短暂的休息时间。主要演员们或者在听导演说戏，或者在喃喃地背着自己的台词，扮演路上行人的群众演员们则三三两两地席地而坐，兴奋地窃窃私语、艳羡地打量那些明星。

那些年轻人啊，多是做着明星梦的大学生，幼稚、天真到以为天上的馅饼会哗哗地落下来，争先恐后地砸在他们的头上，最后却多半受不了拍摄过程中的苦而自动消失。

这样的事情周炎已经见得太多。在圈子里久了，什么事都已经见怪不怪，所谓的明星也早已失却了他们的光环，对周炎没有丝毫的吸引力。

他继续移动着摄像机，评估着呈现在镜头下的众生百态。忽然之间，有一种格格不入的感觉涌上了他的心头，他怔了一怔，慢慢把镜头移回，找到了让他产生这种感觉的源头。

那是一个女孩，即使是阅人无数的周炎，一时间竟也看不出她的年纪。没有化妆的脸白皙水嫩，双唇也是自然生成的嫣红，这样不需要任何人工雕琢的青春和美丽只能够属于二十岁，然而，她却又不像身边那些同龄人一样轻浮幼稚。

她只是静静地坐在那里，默默地注视着眼前的人和事，仿佛她只是一个看客。

周炎的心猛地跳动了一下，双眼竟然离开了面前的镜头，而是向着她所在的方向重新望过去——似乎他已经不再相信摄像机，一定要用自己的眼睛再次确认她的存在。

她仍然坐在那里，穿着剧组提供的破旧戏服，但是脸上并没有不安或嫌恶的表情，却是淡定和从容。

他呆呆地望了她半晌，那情形正如一句他还模糊记得的诗：你在桥上看风景，看风景的人在楼上看你。

他重新凑近摄像机，透过镜头专注地望着她，忽然之间灵机一动，他找到了她吸引自己目光的原因。

正如他喜欢透过镜头来观察其他人，此刻的她虽然沉默，却也是在仔细地观察着周遭的一切。他们俩就像是这拍摄现场中的两个异类，用旁观者的身份在冷静地看，沉默地听。

这个发现，瞬间拉近了他和她的距离。

那一天剩下的时间里，周炎头一次有失他专业的水准，有些心不在焉。每当他移动摄影机时，都会情不自禁地在镜头中寻找那女孩的身影。

然而，还是没有机会。作为一名摄像师，他的工作对剧组来说重要而不可或缺，他根本就没有可能抛下他的摄像机，去对那女孩有进一步的了解。

越是如此，就越是撩起他心头那一抹莫名的情愫。他只有远远地在镜头中捕捉她的身影，贪婪地把她的模样印刻在自己的脑海中。

或许是他做得太明显，这天收工以后，大家看白天的样片，导演突如其来地说了一句："怎么回事？这女孩是谁？镜头里面怎么老是有她，好像太显眼了一点。"

周炎怔怔地看着自己所拍的样片，严格说起来，那是失败的作品，因为本该是主角的演员在里面反倒有点像是陪衬。为了让那女孩出现在镜头之中，他有意无意地让主角失去了原应占据的中心地位。

"不过……"导演摸着下巴，沉吟着又加了一句，"这女孩好像还有点潜质，不如给她个角色试试。"

第二天吴灵就接到了电话，叫她去剧组试妆定造型，这是她自己和无意促成此事的周炎都始料未及的事情。

2 吴 灵

演艺圈在吴灵的心目中，既神秘又黑暗，本来纯粹的人，在这个圈中打个滚出来，也终归会被染成别的颜色。接到剧组电话的时候，她着实犹豫了一阵，最后才决定去。

一起拍戏的人，对她了解得越多，就越是惊讶，想不通为什么一个名牌大学的研究生，会跑来当既辛苦又耗时间还赚不了多少钱的群众演员。以她的学识和能力，随便当个家教或者找个兼职，也好过在剧组中跑龙套。

吴灵的目的其实很简单，她只是想揭开那层神秘的面纱，想体验不一样的人生。

她的梦想，是要当一名作家——只坐在大学的课堂里，是无法写出贴近社会真实的好作品的。写作的人，最需要的就是见多识广，对很多事情都有一定的了解，对各类型的人都有所接触，写出来的东西才会更加真实。

她并不知道，是因为周炎才让她接到了一个小角色，从而可以真正地了解到演艺圈那不为大多数人所知的一面。但是几天之后，她还是留意到了这个总是穿着邋遢的牛仔裤、头发微长、老是在她面前晃来晃去的男人。

开拍前后，剧组里像他这样满场乱晃的男人很多，吴灵留意到周炎，是因为他有一头很纯很纯的黑发，没有一丁点漂染过的痕迹，而且他的味道很清新，没有她最讨厌的烟味。

有一场戏出了点意外，她和女主角一起差点被埋在崩塌下来的布景下面。所有的人都一拥而上地去抢救和安抚女主角，根本没有注意到真正受了伤的人是她。

吴灵的一条腿被压在长长的木板下面，她强忍着眼泪想要推开木板，可是木板的沉重超出她的想象。就在这个时候，一个男人拨开挤在女主角身边的人群冲过来，沉默地搬开了那块木板，把她抱出现场。

"谢谢你。"吴灵认出了周炎，心莫名其妙地颤动了一下。在所有的人都已忽略了自己的时候，唯有这个男人，他还能记得自己的存在。

周炎含糊地咕哝了一句什么，连他自己也没有能够听清，可能是"不用谢"之类的话。他从来都不是善于言辞的人，现在面对着如水莲花一样的她，更是开不了口。

这之后他们就没有再说一句话，而是同样地沉默着，他一直等到有人来为她处理好伤口，这才默默地走开。

吴灵望着他的背影，觉得这真是一个奇怪的男人。但是这天以后，她的目光开始有意无意地在片场追寻着他那修长的身影。

3 暗 恋

周炎觉得自己很没用，以至错失了大好良机。但是他的性格就是那样的内敛，他只能够透过镜头去追随她，却羞于向她表达。

他所可以做的，就是抓住剧组休息的分秒时间，把摄像机的镜头偷偷地对准她，拍下她的每一个微小动作，把拍摄好的胶片当成自己的珍藏。

在他的房间里，有着一整套放映胶片的机器，那是他出于兴趣而斥资购买的，无论搬去哪里都一定要带上。

收工的晚上，剧组中大多数人会开车去市区吃饭，然后找个地方热闹和放松。只有他早早地回来，钻进房间，也不开灯，就打开放映机，然后在一片静谧的黑暗中默默地注视着屏幕上的她。

有很多次，他就这样反复地看着，直到不知不觉在椅子上睡着，醒来时，只看见面前屏幕上是一大片胶片放完后的空白，徒劳地闪亮着。

这个时代的人，已很少有像他这样的了吧？用这么一种沉默的方式，远远地、深切地爱着某人。

越是说不出口的爱，也许反而就越是真挚。

4 偷拍而来的……爱

吴灵的演艺生涯还没有真正开始，就闹出了一场偌大的风波。

起因是参与拍摄的一个男明星，竟然开始对她频频示好，还向她暗示，他可以给她介绍很多演出机会，让她可以一夜成名。

这样的花招，用来骗骗爱慕虚荣、天真幼稚的小女生还有可能，吴灵当然不可能轻易中招。

但是娱乐记者却不会放过这样的花边新闻，一时间流言满天，以前默默无闻的吴灵，拜那男明星所赐，也一跃成为名人，走到哪里都有人指指戳戳，烦恼得不行。

她开始避免和剧组的其他人同进同出，而是选择留在驻地，默默地望着满天的星光。

有一个晚上，当她这样坐着的时候，周炎也走了过来，坐在她的身边。

"很烦恼？"

"我只想写别人的故事，没想到被写的却是自己。"

"演艺圈就是这样，时间一久就会淡下去。"

她转过头来望着他，微微笑了笑："不过，我已经决定离开了。"

他沉默了片刻："什么时候？"

"等我的戏份拍完。"她继续看天上的星星，"这么短的时间，这么多的经历，简直像是一场梦。"

"……想喝一杯吗？"

她在心中掂量了他一下，点了点头。

她去了他的房间，为他房间正中那部大机器震动了一下。他手足无措地请她坐在那张用来观看胶片的扶手椅上，就去厨房调酒。

吴灵的手无意中碰到放映机的遥控器，就在不久的刚才，周炎还坐在椅子上，在放映着胶片。

她忽然很是好奇，就按下了开启的按键，一瞬间为屏幕上所出现的画面而惊呆，连周炎走回房间也没有察觉。

她忽然想到很久以前，在一本书上看到过的一句话："摄影家只会拍摄他认为美的事物，越是心中有爱，画面就会越完美。"

那个总是沉默着的男子，原来对自己，也并不是全无感觉的。

"你……全看见了？"

吴灵一回头，就看见周炎呆立在门前，面上竟然有几分讪讪的红，这种表情忽然让她很想笑："这是偷拍。"

他摸了摸自己的鼻子，忽然唐突地问："你……会不会接受一个四处漂泊的人？"

"那么，你会不会为了一个圈外人放弃这个圈子？"

他点头。这本就不是属于他的圈子，为了她，他可以弃之不顾。

她又笑了："……不知道我们俩，会不会成为下一段绯闻的主角？"

他紧紧地把她拥入怀中，轻声回答："不会。因为，我们都不是明星。"

然而，能够发出光芒的，并不只有明星而已。若不是当日在片场，她所发出的星光为他所捕捉，如今又怎会有如此的结局？

他们俩都不约而同地想到了这一点，然后他的吻，就轻轻印上了她的唇。

那一刻，窗外有点点星光，在柔和地闪烁。

★ 回头邂逅爱

1 智斗小偷

车门一开，我几乎是足不点地地被人流挤进了车厢里。在我前面的男人被挤得脸都快贴到了车窗上，不用看他的脸，我都能想象出他现在的痛苦表情。

这就是上班族每天最痛苦的时刻之一——晚高峰，每当这时，我就恨不得把自己挂在车顶上。

车终于晃晃悠悠地开起来，我紧抓着吊环开始打盹儿，却忽然感觉到似乎有人碰了碰我的包。我顿时警觉起来，回头看了一眼，站在我旁边的是两个年轻男人，见我回头，一起抬眼向我望来，从他们的脸上看不出谁刚才动过我的包。

我只有转回头去，同时悄悄朝反方向挪了挪。当然，在车厢这有限的空间里，这样做只是求个心理安慰，实际效果近似于无。

没过多久，果然又感到有人碰了碰我的包，我的心里直打鼓：真碰上小偷了？如果是单打独斗还好，假如是最近报纸上一直在说的盗窃团伙，那可就糟了。

听说之前有个女的在公交车上被他们盯上，虽然提前下了车，却还是被人尾随到了小区，结果没多久家里就被偷个精光。

　　我正在心里盘算着是拼着鱼死网破正面抗争一下，还是忍气吞声当不知道、去财消灾，身后忽然有人一把搂住了我的腰，亲昵地开口："老婆，今晚回家做什么好吃的？"

　　估计这时我的脸都白了，回头发现是刚才那两个年轻男人中的一个，另一个则正吃惊地看着我们。

　　我脑海里瞬间闪过网上看过的帖子，陌生男人在路上强认妻子，其他人信以为真不便插手，结果女孩被拐卖到偏远山村。

　　我正准备在他拿出迷药手帕前铆足全身的劲喊救命，他却又凑近我耳边低声道："嘘，我们旁边这个男的是小偷，我看他盯着你好久了，这才假装你老公帮你解围。"

　　我一呆，向对面的男人瞅了一眼，发现他果然还在轮番打量我和搂住我腰的男人，看样子是吃不准我俩的关系。

　　而我也同样吃不准这车上还有没有他的同伙，这样一想，我决定跟这位主动伸出援手的男人配合，让小偷知难而退。

　　我也亲热地挽住了身边的男人，向他微笑了一下："你想吃什么，等下路过超市去买。"

2 疑窦丛生

　　我和陈峰就这样认识了。

　　那天到站时，他跟我一起下了车，为了确定小偷有没有尾随在身后，他还陪着我走到小区门口。

　　碰到这么乐于助人的大好青年，不问个姓名留个电话简直都不好意思跟他说再见。何况在路上仔细一瞅，我发现这青年还算得上相貌堂堂、一表人才。

从那以后，陈峰就隔三差五地约我出去。我们俩都是单身，彼此又有好感，自然而然地走到了一起，速度快得让熟悉我的人难以相信。

闺蜜小青就是向这段恋情提出质疑的人之一："你明明是慢热型，认识个新男人不经过三五七个月的考察期，根本就不会把他列入男朋友候选，现在这个陈峰，怎么突然就让你这么着迷？"

这么一问，我也觉得有些困惑，但感情说来就来，根本不是理智可以操纵的结果。我把我们相识的经过告诉小青，讲述的时候绘声绘色、两眼放光，似乎又回到了那拥挤的公交车上，见到陈峰巧妙替我解围的英雄事迹。

然而，小青却兜头泼了我一盆冷水："你就没有怀疑过，他也是盗窃团伙的一员，只是想趁机摸清你的住址？"

我心里忽然打了个突。

报纸上刊登过的新闻重新浮现在我的脑海中，那个被尾随到居住的小区、最后家里被偷的女人，她所住的地方离我的小区并不远，所以这段时间以来，我一直很留意有关盗窃团伙的消息，自己外出时也格外谨慎。

但那都是在碰见陈峰以前。

刚认识他的时候，我也曾有那么几个瞬间，闪现出跟小青一样的念头。但随着与他的交往进一步深入，我渐渐觉得这个想法十分可笑，因而将它抛诸脑后。

仔细想想，如果他真是盗窃团伙的人，我跟他交往已经大半个月了，他随时都可以向我家下手，怎么会拖到现在？而且，我只是个普通的上班族，所有的存款加起来也不到五位数，他犯得着费时费力跟我耗吗？

可是，小青意味深长地看了我一眼："不劫财，可以劫色。总之，要图点什么吧。"

我被她说得心里七上八下。在这个诈骗新闻铺天盖地、各种骗术花样翻新的时代，我竟然轻信了一个完全陌生的男人，这件事越想越不靠谱。

3 旁敲侧击

我发现除了手机号码外，我其实对陈峰的生活并不了解。我甚至不知道他住在哪里，在哪里上班，只大概知道他是个程序员。

我开始对他旁敲侧击："我好像就那天下班在公交车上碰见过你，之后没见你坐过那趟车。"

"嗯。"他一边熟练地把我们刚买回来的肉切成细丝，一边回答，"我那天是去一个朋友家，他就住在你们附近的小区。"

"是吗？在哪个小区，吃完饭我们可以散步过去坐坐。"我高兴地说。不知哪本杂志上说过，想知道你爱的男人私底下是什么样子，看看他身边的朋友就一清二楚了。

他手里的切肉刀忽然停顿了一下："……其实也没有这么近，公交车好几站的距离。而且，没跟人家说就忽然上门，这好像不太好吧？"

这突然改口风的行为顿时让我起了疑心，再问他工作的地方，他也有些吞吞吐吐、语焉不详，似乎生怕我哪天真的找上门去。只有住址他回答得比较爽快，可是因为那个地区我比较熟，所以多问了几句，他却又答得牛头不对马嘴，根本不像是生活在那附近的人。

可能是因为这场对话，吃晚饭时气氛比平时压抑得多。

他觉察到我发现了什么不对劲的地方，几次欲言又止，终于还是没有胆量直截了当地问我。

而我，脑中则不停盘旋着那几条跟盗窃团伙有关的新闻，连饭菜的滋味都没尝出来。

吃过饭他便匆匆地告辞。我从楼上看着他走出小区，然后左转，心中忽然生出一个大胆而又疯狂的念头：跟踪他，看他对我所说的话是真还是假。

说干就干，我披上外套就出了门。陈峰还没走远，我遥遥地跟在他的身后，借着夜色和路边树木的掩饰。

他去的并不是回他家的车站方向，而是相反。我越走越是怀疑，不知不觉已跟着他来到一个小区的门口。他像是很熟悉这个小区，头也不回地走了进去。

我却呆在了路旁。

这个小区，正是一个多月前被盗窃团伙光顾的那女人所住的地方。

4 戏假情真

我看着陈峰敲开那小区中一户人家的门。开门的男人虽然只露了一下脸，但我却立即认出了他。

他就是之前在公交车上，站在我和陈峰身边的那个小偷。

我看着陈峰和那男人彼此十分熟悉地打了个招呼，那男人就将他迎进门去。

留下我站在树的阴影里，瑟瑟发抖。

他们俩果然是一伙的！

那天在公交车上，也许是出手想偷我的包时发现我有所察觉，他们担心我嚷嚷出来，暴露他们的身份，这才想出了英雄救美的损招。

陈峰送我回家，说不定正如小青所猜测的，他们是想摸清我的住址。至于到现在还没有动手，我猜是陈峰发现我根本就没什么钱，索性就利用跟我来往的机会到我住的那个小区踩点。

我真是个蠢女人，竟然真的相信会有从天而降的美丽爱情。虽然只有短暂不到一个月的时光，却让我真切体会到恋爱中的甜蜜和幸福感觉，而今夜所见，却瞬间击碎了我的美梦。

我站在夜风中，陷入了痛苦的思考过程。既然发现了这一切，我理所当然应该报警，可是想起陈峰，却又让我狠不下这个心。

不知考虑了多久，直到陈峰的声音把我惊醒："小雅，你怎么在这里？"

我大吃一惊，发现他已从那男人的房子里走了出来，正快步向我走来。我的第一个反应是拔腿就跑，如果让他们知道我已经知道了他们的秘密，还不得来个绑架或杀人灭口啥的。

身后，他紧追而来的脚步声震得我小心肝一颤一颤的，最后长期缺乏体育锻炼的我，还是在路口被他一把抓个正着。

"快放手啊，不然我就喊人了！"我气急败坏地挣脱他的手。

他愣在当场："喊什么人？"

我退到安全距离以外，然后指着他的鼻子："你，你跟那个小偷是一伙的！"

陈峰忽然笑了："原来你看见郭阳了。他不是小偷，他是我的同事，我们是好朋友。"

看他这么气定神闲，我有些吃不准了："那天你明明说他是小偷……"

他敛去了笑容，诚恳地望着我："对不起，其实我早想跟你说实话。那天在公交车上，我对你一见钟情，怕直接搭讪会被你拒绝，这才想出那么个馊主意，让郭阳客串了一回小偷。

今晚吃饭的时候，我知道你起了疑心，好几次想告诉你真相，又怕你一时接受不了，所以才来找他给我出主意。"

我听得一愣一愣的。

对于我的每个疑问，他都给出了合理的解释：不想带我来串门，就是怕我认出郭阳；不想我直接找去他公司，也是基于同样的担忧；至于对他所住的地方不太熟悉，十个程序员有九个是宅男，何况他又搬过去没多久……

一切真的如此简单？

"就是这么简单，你呀，想太多了。"陈峰轻轻刮了刮我的鼻子，"再不放心，明天把我的身份证、学位证、就职证明、银行存折全都拿来给你检验，这总行了吧？"

"谁叫你不早点向我坦白？"我白了他一眼，挽起了他的胳膊，却又偷偷地吐了吐舌。

幸好我还没来得及跑去举报他们，否则这场戏，恐怕就收不了场了。

★ 似是故人

1 冤家总是意外出现

如果有得选，董华希望自己这辈子都别再跟高家的人扯上任何关系。不过，上天似乎铁了心要跟他开玩笑，所以当他潇洒地站在一群女生中间，正云淡风轻地为她们解答问题时，忽然从后面一把搂住他脖子的高珊瞬间就让他变得尴尬无比。

"哇！"暗暗仰慕他的女生之一发出夸张的声音，"董教授，这是你女朋友？好年轻！"

"不，是朋友的妹妹。"董华勉强保持着翩翩风度，伸手把八爪鱼似的黏在自己身上的高珊拽下来，直奔僻静无人处。

"我不知道你为什么会出现在这里，也完全不想知道，我只想声明一件事，以后无论在什么地方碰到，你跟我都完全不相干！"

他说着这篇宣言的时候，高珊歪头瞅着他，脸上是招牌式的狡黠笑容，末了，才若无其事地开口："我想这是不可能的事情，因为从明天开始，我就是你的助教。"

董华瞠目结舌。全国有那么多大学，她为什么偏偏来自己任教的这所？学校里有那么多教授，她为什么非找上自己？

故意的，这家伙一定另有所图！

他充满戒心地盯住她："除了公事，咱们各走各路。"

她耸耸肩："董华，你很过分。十年不见，你不为我开个盛大的欢迎 Party 也就算了，至少也该像朋友那样请我吃顿饭吧？"

他冷笑："我不记得有朋友，只记得有个破坏了我终身幸福的叛徒。"

高珊像被刺了一下，终于忍不住跳起来，叉着腰恶狠狠地道："在我姐姐和你的幸福之间，我当然会向着我姐姐。就算从头再来，我的决定仍然相同。"

像头小老虎，让董华瞬间回想起十年前的她。那时，他们确曾是无话不谈的好朋友。

2 从知己到陌路

董华和高珊的姐姐高萍谈过恋爱，当然，这只是他自己的说法。从高珊的角度看，他不知廉耻，处心积虑，利用自己接近高萍，妄想破坏姐姐的幸福家庭。

他们俩是大学校友，同是文学社的骨干。只不过，高珊入学的那年，正是董华读研的最后一年。

一个新人报到懵懂无知，一个论文搞定前途无忧，相同的是都有大把时间可供挥霍，而对于文学的共同爱好也让他们越走越近。董华对这个才华横溢的小师妹十分照顾，还把自己即将完成的书稿拿给她欣赏。

得知他正在寻求出版机会，高珊热心地介绍在出版社工作的姐姐给他认识，那就是高萍。

有人曾笑话，某些爱情小说写得太缥缈，认为没有什么爱是"莫名"产生的——然而当高萍风风火火、英姿飒爽地向董华走来时，她灿烂的笑容顿时令他沉溺其中。

接近、试探、追逐、表白，所有的爱情无非都是类似的套路，然而当时，高萍已经有了个相处多年、谈婚论嫁的男友。

那段日子，他们三个人经常在一起，喝茶聊天、看电影、逛公园——董华就这样不动声色地进入了高萍的世界，试图动摇她早已古井无波的心。

暧昧的气息一天天滋长，高珊尚一无所知的时候，反而是她们的父母最先看出端倪。高萍的男友在他们的暗示下从外地匆匆赶回，大张旗鼓地操办起了婚事。

董华以为爱情便足以战胜一切，但已在社会中浸淫多年的高萍却知道那要冒多大的危险。安逸的工作、稳定的感情、父母的支持……与这些筹码相较，他们间的激情究竟能燃烧多久？

董华不管不顾。高萍不接听他的电话，他就追到出版社；她请假躲在家里，他则在门外苦苦守候。

他还写了封言辞恳切的长信，让高珊转交，只希望能在最后一刻打动高萍。然而，那天他在相约的地方等到半夜，高萍没有来，她的未婚夫却带着几个朋友来了。

董华被狠揍一顿，对方当着他的面把信撕成碎片，指着他的鼻子警告说：高萍已经跟自己在民政局登记注册，以后不许再去骚扰她。

董华在宿舍里躺了好多天，身心皆伤。他不信高萍会这样无情，竟然把信交给未婚夫让他来对付自己。

是高珊！一定是她背叛了自己，没有把信交给高萍。

伤好以后，董华愤怒地跑去质问高珊。

高珊愣了半晌，忽然像头小老虎一样跳起来，气势汹汹地大声道："是我做的又怎样？我才不会让你去破坏姐姐的幸福！"

他们恩断义绝，直到董华毕业，再没有跟高珊说过一句话。

3 相似片断反复上演

既要带研究生，又要给本科生上课，再加上正在进行的两个国家级科研项目，这学期董华确实忙得连喘气的工夫都没有。而每天都会出现在眼前的高珊，无疑是雪上加霜，最可气的是，她把分内事做得妥妥帖帖，想找个借口调走她都无隙可乘。

但平心而论，如果忽略十年前的那段恩怨，高珊真是一个非常好的助手。

教学演示课上，他讲得眉飞色舞，忽然停顿下来想翻出某段资料展示在大屏幕上的时候，转过头却发现她早已换好了幻灯片，恰就是他想放的那一张，他甚至不知道她是如何从那堆杂乱无章的资料中找出它的。

他只要钻进书本和资料里就很容易忘记时间，有好多次，都是高珊毫不客气地把他从办公桌后揪起来，硬拖到外面去吃饭。

最初他曾想拒绝，却忘了她究竟有多强势，不想在众目睽睽之下跟她拉扯就只能乖乖就范。而且饭总是要吃的，他摆出公事公办的派头，闷头大吃，然后 AA 制。

日子一长，董华想清楚了。既然高珊敢再出现在自己面前，自己也没必要显得小家子气。虽然做不成朋友，合作共事也没什么大不了，这才是成年人的做法，不是吗？

可是他无法不注意到，她跟她的姐姐还真是像——走路的姿势、阳光般的笑容、做起事来风风火火的样子，每多看她一眼，旧日的记忆就仿佛被唤醒一点，令他忍不住怀疑：也许，她的目的，不过就是扰乱自己的心境。

寒假前夕，厚厚的学生论文和试卷等着他们批阅。高珊整个人都淹没在了纸堆里，从董华所坐的位置望过去，只能看见侧脸的轮廓。

"别看了，小心爱上我。"她没有抬头，却唐突地冒出这么一句。

他哼一声："你们高家的人，我可不敢招惹。再说了，你也不是高萍。"

"高萍早嫁人了，现在我的小侄子都快上中学了。你呢，真打算当一辈子情圣？"高珊闲闲地说着，把试卷翻得哗哗直响。

董华也把目光转移到面前的研究资料上："真正的爱情，一生一次。哼，反正你这个叛徒不可能懂。"

她嗤笑一声："听说爱情是相互的，单相思可算不得真爱。"

"她爱的是我！"他沉声道，"我知道。"

高珊终于抬头盯了他一眼，欲言又止，半晌，却一摇头："你继续做你的梦吧。"

那不是梦。

董华想起那个夜晚，自己在挨打昏过去之前依稀看见个窈窕身影，她用柔软的手轻抚着他的脸，努力想将他从地上扶起。在医院醒来后，护士告诉他，是个年轻姑娘把他背到这里的。

一定是高萍，她救了他，她仍然爱着他。

从那以后，他再无法爱上别人。

4 结束亦是新的开始

董华体会到酒能乱性，是在全系教师的一次聚餐后。他的一篇论文在全国性比赛中获奖，所有人都向他祝贺，不知不觉就喝得有点多。

酒店离他住的地方不远，他踉跄地步行回家，不知怎的险些绊了一跤，幸好高珊从后面一把揪住了他的衣领。

那晚的月色并不美，但她望着他的眼神中，却的确有种他以前从未察觉过的温柔。

他呆呆地盯着她看，不知不觉已凑得相当近，近得能在她眼眸中看见自己。

他忽然很想亲吻她，她却抢先推开了他，淡淡甩下一句："我不是高萍。"

"我知道。"他下意识地回答，这才发现即使她不是高萍，却一直在他心中占有一席之地，谁叫他们曾有过一段三人同行的岁月。

只要他想起高萍，就无法回避高珊的存在，反之亦然。以致他竟分不清，自己此刻心中的萌动，究竟是因为过去，还是现在。

高珊叹了口气，轻轻摸了摸他的脸："醒醒吧，董华。高萍并不爱你，她已经得到了想要的一切。至于你，也该放下过去，继续前行，寻找属于你的那份幸福。"

"不！如果你将那封信交给她，而不是那个男人，当年她一定会跟我走……"

"这不是小说，而是真实的生活。"高珊苦笑了一下，"其实，那就是她的决定。是她拿着信去找姐夫商量，怎么才能让你不再继续纠缠下去，等我听说这件事的时候，已经晚了……"

董华打断她的话："不是这样的！她来见过我，是她送我去的医院！"

高珊静静地望着他，良久，才幽幽道："送你去医院的人……是我。"

他的脑袋嗡嗡作响，仿佛又听见她那焦急的声音："董华，对不起，对不起……"

背他去医院的路上，她不断重复着同样的话。

作为朋友，她为高萍所做的事情深感愧疚，更后悔自己介绍他们相识。他不过是高萍调剂无聊生活的小插曲，却因他过分认真而令肇事者头疼不已，最后索性放手让未婚夫去处理。

可她是她的姐姐，而他又是那么爱她。

面对着质问自己的董华，高珊竟不忍心戳破他的美好幻觉。就让他误会是她背叛也好，至少爱情的神圣还能在他心中保存下来。然而她没有想到的是，他竟再也没有从这个幻觉中醒过来。

所以，高珊再次来到他身边，十年前是她令他活在一个虚幻的爱情梦境里，如今也必须由她将他唤醒。

然而，又有谁来唤醒她自己呢？

她轻抚着他的面庞，心中有些微的酸楚："我只想让你知道真相。这个学年结束，我就会离开，你再也不用面对高家的人。"

他却忽然拉住了她的手："等等……救命恩人，你该给我个报答机会。"

她笑笑："以身相许？能免则免。"她不是任何人的替身，也不要言不由衷的爱慕。

他诚恳地望着她："至少，我们能从好朋友做起。"

205

那便又回到了十年前，一切开始的地方。只是这次，会不会有别样的结局？高珊不知道，但望着他脸上的笑容，她觉得自己可以一试。

★ 夜　叉

1 弱肉强食，胜者为王

黑色的劳斯莱斯低调地在 S 市的街道上滑行着，无声无息如同夜之幻影。

叶帘绯默默地望着窗外。透过深咖啡色的玻璃，外面的喧哗浮躁，全凝成部啼笑皆非的默片。

看上去，似乎变化不大嘛。

就像街角的那间蛋糕店。小时候，她们放学经过，总喜欢让司机在那里停留片刻。温煦的阳光下，点满一小桌，就这样你一勺我一勺，吃得惬意，面对从旁路过的女孩们的羡慕眼神时，更觉骄傲。

虚荣的种子，从那时已一点一滴在幼小的心灵里生根发芽。

她忽然觉得有些疲倦。微微向后躺倒，轻倚在真皮座椅上，合上眼想养一会儿神，却禁不住潮水般的记忆仍滚滚而来。

"叶小姐？"车内对讲机里传来司机老吴的声音，小心翼翼，生怕惊扰到她。

"什么事？"她依然不肯睁眼，只懒懒地问。

"我们到了。现在是下午两点五十分，再过十分钟，就是开会的时间。"

老吴是个细心的人，她的日程表他可以倒背如流，比一般的助理还贴心。

叶帘绯沉吟片刻，便淡定地说："没关系，让他们等着。我想先休息一会儿，过半小时再叫我。"

"是，叶小姐。"老吴从不多问，对于她的话，他只知道盲目听从，这是她最欣赏的品质之一。

她们都喜欢让人等。这是美貌女子的特权，更何况，她们家还是城中数一数二的富豪，没几个少年郎敢傲骨铮铮一走了之。真走了，她们也不稀罕，自有后继者汹涌而来。

天下熙熙，皆为利来；天下攘攘，皆为利往。

成年后，这句话突令她顿悟。只要手中握有别人渴望的东西，追名逐利之徒自然会趋之若鹜，就算冷落他们、折磨他们、驱赶他们，他们也绝不舍得离开。

每个人，都有他的弱点。

就像现在，帝豪酒店的七十七楼上，早坐满了 S 市的头面人物。他们在商界呼风唤雨，却不约而同地在这个下午聚集过来，如同凶残的鲨鱼嗅见新鲜的血肉。

就算让他们多等半小时又怎样？戚氏集团高达百亿的迪拜项目，谁不想来分一杯羹？若真攀上富可敌国的戚氏，他们分分钟有机会膨胀成傲视一方的跨国集团。

叶帘绯很笃定。

半小时后，老吴准时喊醒她。她嫌车内气闷，拿了手包在酒店六楼的咖啡厅喝了半杯拿铁，这才不紧不慢地搭电梯上到七十七楼。

早来到会场打点一切的助理小莫，远远望见她来，便徐徐走上演示台，取过话筒沉着地介绍：“各位贵宾，感谢你们的耐心等候。戚氏集团主持迪拜项目的叶帘绯小姐已经抵达，会议将在五分钟后开始。”

不徐不疾，按部就班。瞥见小莫投向自己的视线，叶帘绯微一颔首表示嘉奖。强将手下无弱兵，她自己一手挑选再训练出的人才，足以应付各种场面。

纵是一个小小助理，在一堆富贾面前，也不会扫她的颜面。

场内坐得满满当当，人人的视线皆投向她，并礼貌式地鼓掌示意。但叶帘绯知道，他们的心中多有不忿，在商界混到如此地位的人，何曾受过这样的冷遇。

但他们的感受，她并不在乎，也不关心，施施然在演示台旁的主位上就坐。她向台下轻扫一眼，面无表情地开口：“我叫叶帘绯，受戚公子委托，全权负责迪拜项目。当然，与人为善、互惠互利一向是戚氏的宗旨，这么大型的项目，我们也无意独占，这次来 S 市，就是想物色一位新的合作伙伴，共同运作迪拜项目。各位可以先了解一下项目的大致情况，具体事宜，以后再谈。”

向小莫点点头，她向后靠在了椅背上，沉默地打量着场中人。

灯光暗下来，身后的幻灯片一张张播放，伴随着小莫精彩的解说。当听到项目预期收益高达百分之百，她清楚地看到台下那一张张故作淡定的脸上所绽放出的贪婪光芒。

忽然，她的目光停留在其中一人的脸上。

殷浅。

2 君子不见，庸人自扰

整场说明会，叶帘绯没再说一句话。

幻灯片播完，关电脑开灯。台下一群富贾跃跃欲试地掏着名片要凑上来，也全是小莫代她挡了驾。

"不好意思，叶小姐刚下飞机，还有其他事需要处理。各位如果对迪拜项目感兴趣，麻烦留下名片，叶小姐稍后自会跟大家联络。当然，如果各位能尽快提供贵公司的相关资料，以及跟戚氏合作的详细提案，中选的机会将更大。谢谢，谢谢各位捧场。"

叶帘绯面无表情地起身，快步走出会场，到电梯前正欲伸手，斜里早有人替她按下按钮。

她向悄然出现在电梯旁的颀长男子扫了一眼，不动声色。

"叶小姐，我是林氏控股的代表，我叫……"脸上的笑容热情而不失分寸，配上他闪亮如星的眼眸、精致优美的五官，能叫青春少艾的女郎们疯狂尖叫。

他似也知道自己的迷人之处，确信无人能抗拒这种魔力，从容取出西服口袋里的烫金名片，伸手就欲递过来。

叶帘绯却只用指尖微微一挡："抱歉，我现在不谈公事。请将名片留给我的助理，如果合适，我们再约时间详谈。"

他一愣，讪讪地收起名片，视线却仍停留在她的脸上："不好意思，是我太贸然了。叶小姐初来乍到，不如由我做一次东道主，请你尝尝 S 市著名的唐宫咖啡，如何？"

唐宫，S 市的名流无不以能在那里品尝一杯天价咖啡为荣。她想起自己年幼时，也曾把那里当成多么了不得的地方，隔三差五硬要父母带自己去消磨上半天。如今回想起来，其实所谓的唐宫咖啡，也不过如此而已。

"不必了，我这就要离开S市。"叶帝绯漠然地重新按了电梯，向上。

殷浅的脸上顿时有些挂不住。

帝豪酒店，是S市唯一可供私人飞机起落的高层建筑，因其难得，才格外珍贵。他虽然自诩S市的名流，却也无法豪奢到用直升机做代步工具。不过是电梯上与下的两个按钮，却无形间隔开了他与她之间的千山万水，他只能自叹弗如。

然而，在叶帝绯走进电梯以后，他忽又开口："叶小姐，我们……是不是在哪里见过？"

她缓缓转过身来，凝视着他充满困惑的双眼，却未回答。

"叮"，电梯门将两人分隔开来。

叶帝绯这才笑笑。虽说是笑，却也不过唇角微扬。她完美到极致、冰冷如北极的面孔上，表情仍难以揣测，简直就像戴着副极为精致的人皮面具。

"叶小姐，我们是不是在哪里见过？"

何止见过，她有些落寞地想。他们曾耳鬓厮磨、青梅竹马，到如今，他却只能问出这样的一句话。但自己又何尝不是呢？如陌生人般，拒他于千里之外。

风雨如晦，鸡鸣不已。既见……

心中不期然竟背起儿时所学的古诗，叶帝绯忽哑然失笑。

既见君子，云胡不喜。

可是，真的还有君子吗？

3 唯爱之深，故责之切

L 市的金爵酒店，助理早已订好了房间。

叶帘绯径直走向壁炉架，自包里取出一只沉甸甸的小猪存钱罐，小心翼翼地放上去。

有人悄无声息地自后圈住她的腰，温热的呼吸轻拂在她耳畔。

她没有动弹，只淡淡开口："戚公子，你不该在这里。"

"我想去哪里，就去哪里。"带着些许任性，又有几分睥睨天下的狂傲，戚越把脸埋进她的秀发里，手臂也圈得更紧。

叶帘绯却挣脱了他的怀抱，走开几步，在酒柜前替自己倒了杯红酒，一饮而尽。

"心情不好？"戚越懒洋洋地歪倒在沙发上，手指轻敲着琉璃茶几，俨然是《进行曲》的调子，"情有可原。据说，殷浅找你叙旧了？"

叶帘绯重重地把酒杯放在吧台上，转身面对着他："当初说得很清楚，迪拜项目全权由我负责，你绝不插手。怎么，现在还监视起我来了？"

他瞥她一眼："上百亿的项目，又是故地重游，谁知道你会不会一时兴起，便宜送给了哪位好妹妹，或是好妹夫？"

听得出，声音里有些酸意。

叶帘绯却反而笑了："就算我拱手送人，那也是我应得的。两年来，我替你戚公子赚的绝不止这么多，你自己清楚。"

也许是遗传了父亲的商业头脑，叶帘绯在商场上战无不胜，收益率总是成倍地往上翻。若非如此，短短两年的时间，戚氏怎么可能放手让她独自运作高达百亿的迪拜项目？

戚越盯着叶帘绯看了一会儿，忽地从沙发上跳起来，大步走到她面前。

叶帘绯以为他会说什么或做什么，但最后，他却只轻轻抚摸了一下她的面颊："我担心，你是否能承受得住……别忘了，你曾深爱着他们。可还不到两个月的时间，他们已双宿双飞，把你忘到了九霄云外。"

叶帘绯沉默着，半晌才艰难地吐出几个字："他们以为我已不在。"

"他们有寻找过你吗？他们有等待过你吗？既然我可以找到你，为什么他们做不到？"

戚越的每一个问句，都像是利剑在刺穿着叶帘绯的心脏。她猛然将他推开，倚靠在吧台上冷冷开口："戚公子，我们的确有交易，但不代表你可以对我的私事指指点点。其实，你根本就不应该在这里。"

戚越无声地叹了口气："昔日高傲骄纵的林家大小姐，竟会对背叛自己的人如此宽容，你果然还深爱着他们，却不知……"看看她脸上的表情，他没有继续这个话题，却换上副公事公办的派头，"我在这里只是想告诉你，我的人已经找到何新明，一切都安排好了，你想何时开始都行。"

何新明，这个名字让叶帘绯的脸上又觉得火辣辣的疼。她勉强控制住伸手抚脸的冲动，不动神色地开口："那就明天吧，我不喜欢浪费时间。"

戚越欲言又止，最后只微一点头，便走出了房间。

叶帘绯望着他的背影。呵呵，被这个男人看透了啊！

不喜欢浪费时间，只是个借口而已。其实，她更想早点弄清真相。

纵使那真相，会残酷如地狱之火的焚烧。

4 真相残忍，不如笑对

车停在马路对面。

叶帘绯透过望远镜，观察着在对面便利店里忙碌的男人。

比起记忆中，似乎富态了些。但也难怪，无须再起早贪黑为人打工，买下上百平方米的便利店自己当起老板，城里、乡下还置着好几套房产，更不用说隐秘的银行账户里剩下的几百万现金。

一个普通人，飞黄腾达到这种地步，怎不会心宽体胖？

"叶小姐，丝丝已准备好了。"车载对讲机里传来老吴的声音。

叶帘绯把望远镜平移了一点，对准小巷里的女子。美轮美奂的五官，精致得似一碰就碎的瓷娃娃，眼角眉梢那隐忍的讥诮神色，也惟妙惟肖得仿佛是当年的自己。

叶帘绯有些流连地盯着她看了半晌，唇角方泛起浅浅的苦笑，默然戴好监听器，向老吴下达指令："让她开始吧。"

丝丝便娉娉婷婷地走向便利店。

店里的何新明，乍见到她，面青唇白如同见鬼。丝丝只那么冷笑两声，他就惶恐不安地跟随她走到僻静角落。

透过丝丝身上的窃听器，叶帘绯清楚听到他们的每一句话。

"你没想到，我还能活着找到你吧？"丝丝的台词，是叶帘绯亲手打造，一字一句，充满恨意。

"大小姐，请你原谅我。我家里有老有小，这样做实在是情非得已！"

说得轻松。

叶帘绯回想起当日在飞去迪拜的小型飞机上，正在舱中看文件的她，蓦地看见他身背降落伞从驾驶舱回身，边推开舱门，边向她道："对不起，大小姐。"

然后，他便纵身一跃，消失在茫茫云海。

凌厉的风从大开的舱门涌入，手上的文件四散飘零，她却顾不得收拾，只如梦初醒地在座位下摸索降落伞。

空的！

直至那一刻，她才终于明白，这是一个针对自己的必死的局。究竟是谁，指使何新明布下如此暗局？

角落里的逼供戏码也上演到了高潮。何新明几乎要给丝丝下跪磕头，却仍不肯说出主使者的姓名。

其实，这也在叶帘绯的意料之中。幕后人是他全家后半辈子的衣食父母，贸然出现的林大小姐，再能耐也不过是个即将被宣告死亡的弱女子。

依她指示，丝丝见好就收，临去时却借题发挥，揪住何新明的衣领，神不知鬼不觉安上了窃听器。

叶帘绯安坐车中，静观其变。

何新明果然沉不住气，四顾无人注意，便慌张地溜进街边电话亭。窃听器离得够近，叶帘绯清清楚楚听见他放硬币进去，再拨号。

电话响了半天才接通，那边却没人说话，只是一片死寂。

只听何新明惶恐地说："抱歉，我知道不该再打搅你。可是，有件事一定要让你知道……大小姐，她回来了！"

叶帘绯屏住呼吸，唯恐错过接下来的每一个字。

沉默良久，电话那头终于响起一个清冷的声音："你胡说什么！她不是已经死了吗？"

呵！她一把拉下监听器，不想再听下去。

声音的主人，她永远不会认错——林惜尘，林氏控股的二小姐，她曾经的好妹妹。

5 地狱之火，复仇天使

林家的两位小姐，曾经在 S 市无人不晓。一方面是林氏家大业大；另一方面，则因为她们俩的天生丽质、八面玲珑。

没人能跟她们相比，除了她们自己。

林惜颜、林惜尘，形影不离的两朵姐妹花。从小到大，父母给她们准备的所有好东西，全是一式两份。久而久之，她们觉得太过无趣，孩子气地决定分享一切。

养同一只猫，种同一盆花，甚至连小猪存钱罐，也是你一枚、我一枚地轮番充实着它的内部。

每晚，她们总喜欢抱起小猪摇一摇，听过钢镚欢快的响声才去睡觉。小猪一天天变沉，再塞不进一个硬币，她们都希望亲手砸碎它的人是自己，却又舍不得。

直到那天，惹祸的猫将小猪撞落在地……原来，再心爱的，也只是存钱罐，终有一天会被摔成粉碎。

忘记了她们是从何时开始认识殷浅的。

殷浅的父亲是林父忠心耿耿的老部下，他才得以有机会成为两位小姐的随从兼玩伴。俊朗的外表为他加分不少，纵使出名挑剔的林家小姐，也不过抬眼看看，便默许了他的陪伴。

有时候，爱或许只是一种习惯。他就像她们共同拥有的又一个新奇玩具，一个想要，另一个就绝对不让。但其实谁若真的放手，另一个也转脸就贪新忘旧。

不，不是那样！

在梦里，叶帘绯似又回到了白衣飘飘的学生时代。她看见林惜尘蹦蹦跳跳地跟在殷浅的左右，而他那会说话的眼睛，却始终不经意地瞟向不远处的她。

她深信他所爱的是自己，林惜尘对于他，不过是个调皮的小妹妹。因太笃定，对于他那些试探性的暧昧言语，她也只是有一搭没一搭，随心情去应对。

两年前的那日，他们本该一起去迪拜考察，但林惜尘吃坏肚子进了医院，还任性地一定要殷浅作陪。他将她送到机场，依依不舍地道："只要你开口，我就跟你一起走。"

她淡定地接过行李箱："算了，既然她想要你陪，我一个人去就是了，反正也不过是做个前期考察。"

其实，她心里是高兴的。林惜尘争得厉害又怎样？到最后，他的心不还是向着自己？

那之后，便是惊涛骇浪般的空中颠簸，她像无头苍蝇在狭窄的机舱中拼命搜寻，最后终于在杂物箱里找到一个破旧的降落伞。然而最佳跳伞时机早已过去，她只来得及蜷起四肢、抱紧头部，将所有的生机交付给那只能张开一半的废物。

最初的撞击过后，她昏了过去，醒来时发现自己已经被烈焰包围。她拼尽全力爬离飞机残骸，全身都火烧火燎的疼痛，她却仍执着地向前爬，脑中只有一个念头：活下去。

戚越及时找到了她，并第一时间送她到世界知名的外科医师处做手术。然而，她美丽的面孔早已满目疮痍，醒来后对着镜子，她黯然半晌，却在医生拿着她过往的照片问是否要恢复成这个样子时，毅然答了声"No"。

林惜颜早已不复存在，留在世上的，只是从地狱的烈焰中爬出的复仇使者。

她改头换面，跟爱慕她多年的戚越达成交易。

一切，只为了寻求真相。

6 桃花依旧，人面全非

回到 S 市，叶帘绯先后约见了几家公司的负责人，却偏偏漏掉了林氏控股。

天气不错，她带着小莫忙里偷闲，溜到度假村做 SPA。

全身焕然一新，叶帘绯跳入空无一人的室外游泳池，畅快地游了几个来回才上岸。

"哗"，水珠在她偏小麦色的肌肤上滚动着，阳光下璀璨生辉，如果不细看，根本看不出皮肤移植手术的痕迹，如同她美丽的面容。

有人递来浴巾。叶帘绯顺手接过，擦擦头脸的水珠，便松松地围在泳衣外，在遮阳伞旁坐了下来。

"叶小姐，不知对我还有没有印象？"殷浅也在叶帘绯的对面坐下，微笑着开口。

叶帘绯瞥他一眼："林氏控股的殷先生是吧？有何贵干？"

直来直去，干脆利落，这是她一贯的风格，却让他微微一怔，盯着她的目光中似有疑惑的成分。

或许，在刚才的那一瞬间，他自她的身上，也看出了故人的影子吧？

但很快，他就又云淡风轻："其实，我是有个疑问，希望叶小姐能坦诚相告。"

小莫将两杯冰冻木瓜汁放在两人面前。叶帘绯端起一杯，吸了两口，这才懒懒地道："说来听听。"

"林氏在S市根深业大，纵使排不上第一，也绝不会在三甲之外。叶小姐这几天面谈了近十家企业，为什么却独漏了林氏？"

叶帘绯笑笑："并没有漏，是我吩咐他们去掉的。"

殷浅的表情很微妙，本来应该表示愤怒或不满，却因有求于人而不得不隐忍，落在她的眼中竟觉得有些可怜。

"我可以知道原因吗？"毕竟商场打滚多年，他终还是不卑不亢地开口。

"迪拜是个大项目，我需要一个靠得住的合作伙伴，一两年内公司内部绝对不会发生任何变动……殷先生也该听说过，我做生意独断专行，容不下太多人跟我扯皮。从这个角度上看，林氏变数太多，不在我的考虑范围之内。"叶帘绯悠闲地回答。

殷浅有些不服："林氏的主席是林惜尘，也就是我的妻子。她的百分之三十股权，加上我的百分之十，足以绝对控股林氏，又会有什么变数？"他入赘林家，得到的最大利益就是林惜尘转让的百分之十股份。

叶帘绯看看小莫，乖巧的助理立即从公事包里抽出一个档案袋，交到她手中。

"据我所知，林氏还有百分之四十的股份，是在林惜颜小姐手中吧？"

殷浅不易察觉地颤动了一下，微吸口气，这才开口："大小姐她……已在两年前的事故中不幸身亡。我们已向法院提出申请，一年后将正式宣告死亡，她的股份……也将由我妻子继承。"

"可是，若在这一年内，早被认定身亡的林大小姐再次现身呢？"叶帘绯随手将档案袋丢到他面前。

殷浅迟疑片刻，终于打开档案袋，抽出里面的一叠照片。他顿时面色剧变，就连手也微微颤抖，用不敢置信的目光盯着照片上的女人。

那种惊讶混杂着悲痛的神情不似伪装，叶帘绯默默地盯着他看了半晌，起身走开。

而他竟丝毫未觉。

林惜尘恨她这个姐姐，竟到了想杀她的地步，除了为独掌林氏的大权，其中也有他的因素。

叶帘绯觉得，他也有知道真相的权利。

若他心中还有她，有了这些线索，自然就能找到林家大小姐——当然不是她叶帘绯，而是她的替身丝丝。

7 情之所起，一往而深

坏消息是戚越带来的。

他总神出鬼没，虽然戚氏的总部设在柏林，但无论叶帘绯飞去世界的哪个角落，他都会在某天晚上出其不意地等在她的房间里。

倒像是，来捉奸？

这个念头令叶帘绯有些想笑，但手术后的美丽面孔，却仍冷冰冰做不出常人的表情。有时对着镜子，她甚至想划花这张精致到完美的脸。

"丝丝，她受到了身份不名人士的袭击。"戚越一反常态地没有凑上前来，只是伫立在她身前几步处，慎重地开口。

叶帘绯有些晕眩，踉跄地退后几步，颓然坐进了身后的沙发。

丝丝的落脚处极为隐秘，她只给过殷浅。她曾天真地以为，幕后黑手是林惜尘，他只是被蒙在鼓中的局外人。如今看来，他早已与林惜尘沆瀣一气——当年的坠机事件，他同样知情。

顿时又回想起他送机时的言行举止。呵！哪是来表明心意的，分明是最后一次向她试探——既然你对我若即若离，倒不如抓紧林惜尘，以及，林氏那笔唾手可得的财富。

他早瞄上了她们姐妹，不需要分辨爱谁更深，只需判断谁更轻易放手，将家业交托给他。他想娶的是林氏，两姐妹无论是谁，都只算陪嫁。

心凉得彻底，叶帘绯反如释重负，于是问：“丝丝怎样了？”

戚越有些担心地盯着她的双眼：“我派去暗中保护她的人及时赶到，她只受了点轻伤。”

“那就好。”她微微颔首，“我还有事要她去做。”

“惜颜……”戚越叹口气，时至今日，只有他在私下里还不死心地唤她本名，她也懒得再去纠正，“算了，别再继续下去，跟我回柏林好不好？”

她固执地开口：“我的事还没办完。”

“办完又能怎样？他们都是你曾经的至亲至爱，伤人一千，自损八百，你这么聪明，又怎会看不透？”

叶帘绯又何尝不明白这个道理，只是，永远也咽不下这口气。她不信天网恢恢，更不信因果恶报，她所受的苦，只能靠自己去还给对方。

“戚公子，你忘了，我是叶帘绯，跟林氏一点儿关系也没有。”她淡淡地开口，带着拒人于千里之外的漠然。

"有关你的一切，我从未忘记。"戚越意兴阑珊地摇摇头，不再言语。

叶帘绯看着沮丧的他，迟疑半晌，缓缓走近几步，手轻轻搭在了他的头发上。

她至今都不明白，他究竟爱上自己的什么，即使看过她空难后恐怖的容颜，也还是守护在她的身边。

以他的身世样貌，什么样的女子能够抗拒？

然而，当年的自己和惜尘，对殷浅又何尝不是如此盲目？

情不知其所起，一往而深。

戚越默默握住她的手，将掌心合在了自己的双唇上。

他们就这样一动不动，在昏暗的房间内任时光流逝。

8 机关算尽，各奔前程

叶帘绯太了解自己的敌人，这是她在商场上战无不胜的根本原因。

以前，她从未想过有一天，要用这份才智对付自己最亲近的人。

遵照叶帘绯的指示，伤好后的丝丝挑衅似的主动联系上殷浅。即使在电话里，她似乎也能看到他在另一头惶恐不安的模样。

"我知道，这全都是惜尘的安排。你的心里，仍然还爱着我，否则当日，你不会主动提出要跟我一起去迪拜。"丝丝将叶帘绯的声音模仿得无懈可击，反倒是她自己，因在空难中伤了咽喉，就连声音也不复当年的美妙。

殷浅终于镇定下来："你相信我，我根本不知道她会那样做！她装病去医院，也不过是想调我离开你。"

"电话里不适合谈事情，不如，我们见见面？"

不易察觉的内入式耳塞，<u>丝丝</u>将叶帘绯的每一句话，每一个指示清楚送到，她只需复述台词。

叶帘绯安排他们在酒店房间见面。

<u>丝丝</u>用旧情和美色迷惑殷浅，更以她手上那百分之四十的股份为压轴，听得他怦然心动。

透过针孔摄像头，叶帘绯在隔壁房间看这出好戏，将殷浅头脑中所打的小算盘也看得通透——

大小姐手上，是百分之四十的股权，和控诉谋杀的权利；二小姐手上，是百分之三十的股权，还背着条很可能被揭发的重罪。就算傻瓜，也知道何种选择会对自己更为有利。

殷浅恬不知耻地向<u>丝丝</u>下跪，倾诉着别后自己对她始终不渝的真情，却忘了提，空难后尚不到两个月，他就与惜尘步入婚姻的殿堂。

他们甚至懒得多派些人去现场搜寻她的遗骸。

叶帘绯忽然觉得很恶心，不想再看下去。

离开前最后瞥一眼画面，<u>丝丝</u>已牵着他的手走向卧房。她吩咐小莫，完事后将录下的光碟匿名送去林家，指定林惜尘签收。

以林惜尘的个性，知道丈夫出轨已够难接受，若再发现出轨的对象是她既恨且妒、满以为早已摆脱掉的姐姐，一场狂风暴雨在所难免。

逼急了殷浅，他会不会反咬一口，将两年前的那桩公案昭告天下呢？

叶帘绯冷冷地笑了。他会，这个自私的男人，只要他自己可以脱身，不会在乎出卖任何人——即使那个人，是跟他同床共枕、爱他多年的妻子。

9 夜叉虽丑，犹有人怜

叶帘绯计算好了开头和发展过程，却唯独没猜对结尾。

次日一早，她慵懒地刚睁开眼，就发现戚越默然站在床前，低头凝视着她。

他脸上那严肃的表情令她有些心慌，急忙跳下床，甚至没有在意身上穿的是暴露的睡裙，她低声问："怎么了？"

戚越没作声，只上前打开电视，转到本市新闻，画面上赫然出现了林家大宅。

叶帘绯茫然地盯着屏幕，良久才反应过来发生了什么事。

昨夜，殷浅刚回到家里，就同林惜尘发生了剧烈争吵。佣人们不敢靠近，更不敢插手，只依稀听他跟林惜尘说要离婚，林惜尘则跟疯了似的质问他与另一个女人的关系。

吵到最后，他也发了狠，高声说要把两年前的事情全说出去。那之后，佣人之一听见林惜尘问："你真的忍心这样对我，对我肚子里的孩子？"

他漠然回答："孩子，我跟谁都可以生。"

短暂的沉寂之后，忽然就是惊天动地的碰撞声，然后，整座大宅都能清楚听见林惜尘那撕心裂肺的狂笑声。

有个胆大的佣人偷偷从门缝中望了一眼，赫然发现殷浅躺在地上一动不动，胸口的红色却在迅速扩散。而疯狂大笑着的林惜尘就站在他的身前，手中握着染血的水果刀。

吓破胆的佣人当即报警，殷浅送医无救，林惜尘被当场逮捕。

林家是城中名门，消息传得飞快，天还没亮，这件事已家喻户晓。

223

只有叶帘绯，数月来头一次睡得如此香甜，连戚越守了她大半夜也全然不觉。

她怔怔地盯着电视，甚至不知道他已关闭了电源。

原来，这便是结局。本该解恨，不知为何，心中竟突然涌上空虚的感觉。

戚越默默走上前，伸臂将她拥入怀中。

叶帘绯将脸伏在他宽阔的胸膛上，聆听着低沉有力的心跳，忽然问："我是不是很丑陋、很可怕？就连自己的骨肉至亲，也可以下此毒手。"

戚越不作声，良久才道："是他们咎由自取，怨不得旁人。"

叶帘绯抬头凝视着他的双眼，缓缓道："你就不怕，有朝一日，自己也深受其害？其实，丝丝她……"

她苦心栽培丝丝，训练得她跟当年的自己几乎一样，除了复仇，更存了份私心：只要戚越喜欢，丝丝就是林惜颜的影子，代替丑如夜叉、毒如蛇蝎的叶帘绯留在他的身边。

但戚越却飞快地掩住她的嘴："如果有朝一日，我也有负于你，你尽管来复仇。"

爱情，本就那么莫名其妙。

从多年前在富豪云集的舞会上瞥见她小小的身影时起，他便已认了命。别人都说林家大小姐骄纵任性，唯有他眼内只落尽她的美。

如同那日，解开纱布乍见她丑如夜叉的脸，他却不自禁地心疼起她眼中流露的那份人性的真。

他知道自己爱上的是夜叉，但在丑陋的外表下，或许仍有着一颗人类的心。

她终于紧搂住他的腰，强忍许久的泪水潸然滴落在他的衣襟上。

★ 纸条传情

1 暗　恋

方菲正专心致志地翻阅着一本比砖头还厚重的书，看上去已完全沉浸在文字当中，连有个男人盯着她看了很久也没留意。

那个男人就是我。我站在她斜对面的书架旁，一边偷偷地望着她，一边假装正把小推车上的书放回它们应该在的位置上。

从方菲第一天来这个阅览室看书时起，我就对她产生了莫名的好感。从阅览证上我知道了她的信息，她是中文系的研一学生，学号1204019。

同其他来阅览室看书的女生不同，方菲喜欢静静地站在书架前看她感兴趣的书，而不是找个舒服的座位坐下，甚至还偷偷吃点小零食什么的。

正是这个习惯让我注意到了她，那天她站在窗边的书架旁，春日和煦的阳光轻洒在她的脸上，像天使般安宁美好，让我竟看得失了神。

这是我第一次对异性动心。这段时间以来，我一直想找个机会跟她搭讪，甚至还在家演练了好多遍，然而当她真的出现在我面前时，我却总又变得面红耳赤，一句话也说不上来。

方菲看了看手表，把那本书放回原处，踏着轻快的步伐向门口走去。经过我身边的时候，她向我微笑了一下，但并不是对我有特别的印象，只是出于礼貌。

我失落地看着她的背影消失在门外，忽然有种迫切想要了解她的冲动。我快步走到她刚才所在的书架旁，抽出她正在读的那本书。

《痛哭，或诀别》。

沉重的书名让我吃了一惊，作者费帆。我从来没有听说过这个人，不过这本书既然被归入当代文学，想必他也是前段时间出版热潮中冒出的新星。

随意地翻了翻，是一本有些晦涩难懂的自传体小说，我立即又把作者的年龄向前推了三十年。

一张淡蓝色的书签忽然落入我的眼帘。上面印着淡雅的山水画，在右下端，有人用钢笔写了"F.F"作为落款。

F.F？这不正是方菲的拼音缩写吗？

我顿时兴奋起来，看来这张书签是她留下的，说明她还会继续来借阅这本书。

一个绝妙的好主意闯入了我的脑海：我可以把想对她说的话都写在纸条上，然后夹在书里。如果她愿意回复的话，我跟她之间的关系就有可能发展下去。

2 传递纸条

"你看的书很特别。Y.C。"

考虑了很久，我才决定先从方菲正在看的这本书入手，开始我们的话题。为了跟她相对应，我留下的也是自己姓名杨超的拼音缩写。

把纸条夹进她留下书签的那一页，我将书放回书架上，如释重负地吁了口气。

随后的两天里，我一直翘首期盼着方菲的到来。第三天下午，她终于又出现在阅览室里。我坐在办公桌后，看着她径直走向那个书架，抽出了那本书。

她走了以后，我立即冲到书架前，忐忑不安地翻开了书。我留下的纸条不见了，她的书签也夹进了稍微靠后面一点儿的位置，然而上面什么也没有写。

我大失所望，却仍不死心地从后往前快速翻动着书页，这才猛地发现了另一张纸条："你是谁？F .F。"她的字迹，就像她的人那样娟秀工整。

那一瞬间，我幸福得差点飞上了天。

我急忙将纸条小心地装进口袋里，然后取出早已准备好的新纸条写下："一个对你感到好奇，默默关注着你的人。Y.C。"然后再次夹进了书中。

就这样，在没有第三者知道的情形下，我和方菲开始用这种传统而又浪漫的方式传情达意。

开始还只是讨论小说的内容，分享彼此的读书感想，慢慢地，我们的话题开始天马行空起来。我们聊起最近所碰到的人和事，无论是开心还是不开心的经历，在纸条上都可以畅所欲言，然后再彼此安慰。

我越来越了解方菲的内心，表面上文静清秀的她，却出生于一个破碎的家庭，甚至小时候还经常被笼罩在家暴的阴影里。也许正是这样的经历，才让方菲对这本描写青春期的叛逆和伤痛、对未来迷茫的小说如此着迷，因为她感同身受。

随着越来越频繁的纸条往来，我对她的感情也益发深厚。好几次在阅览室里与她擦肩而过的时候，我真想叫住她，告诉她我就是那个Y.C，却总又临阵退缩。

她是名牌大学的硕士研究生，年轻漂亮，风华正茂。我却只是个在图书馆工作的宅男，拿着微不足道的薪水，每天一成不变地上下班。

我怎么能配得上她呢？

然而，想当面跟她交谈的愿望却越来越强烈。

3 约 会

想不到竟然是方菲主动约我见面，当然，她没有亲口对我这样说，我看到的是她留在书中的纸条。

"不知为什么，最近看不到你的纸条就会睡不踏实，总担心你出什么事。你是我的第一个知心朋友，真想见你一面。F .F。"

我拿着那张纸条，激动得手直发抖。

我绞尽脑汁考虑在什么地方碰面才既不为难我的钱包，又能让她感到满意。最后，我想起步行街上学生情侣们最喜欢去的那间咖啡屋，装修格调淡雅，她一定会喜欢，而且据说里面的咖啡和点心都很不错。

我把选中的约会地点和时间写在了纸条上，为了能够让她认出我，我还提议我们都在衣领上别一朵白兰花。

很快就收到了方菲的回复："就这么说定了，你千万不能爽约，一定要去，否则我将很失望。F .F。"

她竟然把这次约会看得这么重，我既受宠若惊，又更加感到紧张。但想到只要再向前一步，就可能捉住我的幸福，这令我鼓起了全部勇气，我一笔一画地写下回复："不见不散。Y.C。"

约定的周六，我特地去理了发，还买了一件新衣服，价格抵得上我半月的工资。但我不心疼，我一定要给方菲留下最美好的第一印象。

一切收拾停当，我对着穿衣镜前后左右照了又照，发现自己焕然一新，这才心满意足地向咖啡屋走去。

我早到了半个多钟头，占据了一个朝着门的位置。

这是我第一次等待自己心爱的女孩前来赴约，手心里全是汗，急忙用纸巾擦了又擦，唯恐见面时她会发觉我的紧张不安。

时间一分一秒地过去，已经比约定的时间晚了近一个小时，方菲却还是没有出现。怎么回事？她临时反悔了，还是在路上出了什么意外？

我更加坐立不安起来，不停想象着各种可怕的场景。正当我忍不住想要出去找她的时候，门上的铃铛轻轻一响，方菲已经推门而入。

我惊喜地迎上前去，还没有开口，却看见她的身旁还跟着一个高大男人，两人的手紧紧地握在一起，俨然是对情侣。

我怔在了原地。

她这是什么意思？明明跟我约好在这里见面，却带着另一个男人赴约；如果她已经有男朋友的话，那为什么还要跟我用纸条玩暧昧？她是不是早已发现给她写纸条的人是我，只是为了耍我才做了那么多回应？

我的脑中像是掀起了一场风暴，各种混乱的思绪纷沓而来。

看见我挡在过道上，跟方菲一起来的男人随手将我推到一旁，殷勤地为她拉开了空桌前的椅子。

方菲淡淡看了我一眼，像是根本没有认出我是谁，心安理得地坐了下去。

4 诀 别

我不记得自己是怎样回到家的。

如果换成其他人，说不定早就在咖啡屋里跟方菲和那个男人撕破脸摊牌了。然而我是个没胆子的男人，我就那样失魂落魄地走了，边走边回想着方菲写给我的那些字字句句。

所有的纸条我都没舍得丢弃，珍重地放在一个檀木盒子里。我甚至想过，假如我和方菲真有那么一天的话，这些纸条可就成了最有纪念意义的情书。

然而，一切都是骗局。

我越想越是愤怒，虽然家门口就在眼前，我却忽然停下了脚步。

那本破书！它就是方菲用来戏弄我的工具。

想到这一点，我更加怒不可遏，一转身便朝着图书馆的方向走去。我要毁了那本方菲还没有看完的书，等周一开馆时找不到它，看她脸上会有怎样的表情。

因为是假日，阅览室不对外开放，但我还是取出钥匙打开了大门。

脚步沉重地走到熟悉的书架前，我伸手取下那本《痛哭，或诀别》。以前每当这样做的时候，我的心里又是甜蜜又是紧张，现在则只剩下了愤怒和失落。

我打量着它，这么厚的一本书，无法放进碎纸机里，就算勉强拆开来也费时费力。对，我要烧了它！

刚做出决定，眼角余光却忽然瞥见有什么东西从书页间露了出来，上面的字迹我很熟悉，是她留给我的纸条。

我忽然疑惑起来。约好见面以后，这两天方菲根本没有来阅览室，又怎么会在书里留下新的纸条？

这时我才回想起来，刚才在咖啡屋碰见她的时候，她的衣领上没有别着白兰花。

难道跟我通信的人并不是方菲？可是除了她之外，我记得再没有人翻阅过这本书，那个 F.F 究竟是谁？

我迷惑地抽出纸条，这次她写了很多，密密麻麻地写满了整张纸："我在咖啡屋里等了你一个下午，看着不同的情侣们在我身边来来往往，而我，却像傻瓜一样独自坐在那里，面前是一杯冷了后苦涩得让人想哭的咖啡，衣领上还别着俗气的白兰花。

我曾以为你与其他人不同，只有你能够用这种奇妙的方式把纸条夹进我的书里，跟我进行心灵上的沟通。我不知道你是从何处知道它的存在，因为我从没有跟别人说过我正在写这本书。

但这已无关紧要，同这世界上的其他人一样，你虽然如救世主似的出现在我身边，最终却还是残忍地背弃了我。面对背叛，要么痛哭一场，然后骗自己一切都会过去；要么，就是沉默的诀别。我的泪腺早已枯竭，所以现在只能选择后者。

做出这个决定的时候，我很平静，甚至想起通信这么久以来，我们却从未真正认识过彼此，我们之间的理解只是建立在虚幻的文字和那两个姓名缩写上。所以在最后，我想真正地介绍一下我自己。我叫费帆，二十二岁，F 大学中文系大四学生。"

费帆！这本书的作者？我的脑中一片混乱。

她说她正在写这本书？可是这书不是已经出版了吗？

我越来越想不明白。

5 等 待

我上网搜索了有关费帆的所有资料，真相让我目瞪口呆。

不错，她是这所大学中文系的学生，但那是十年前的事情。她敏感、纤细、才华横溢，是全校师生公认的才女。然而她却来自一个破碎的家庭，她的父亲醉酒后经常打骂她和她的母亲，最后忍无可忍的母亲在她眼前杀死了父亲，给年幼的她蒙上了无法消弭的心理阴影。

也许正是因为这样，费帆一直很早熟，甚至开始偷偷撰写一本有关青春疼痛的小说——《痛哭，或诀别》。

十年前的今天，她离开了女生宿舍，从此再也没有出现。她的老师和同学找到了这部业已完成的书稿，并为了纪念她而出版。

我浏览着十年前的新闻，上面满是当时人们的不解和种种猜测。

而我在极度震惊之后，脑海中涌起了一个十分大胆的念头：不知道是什么原因，我和费帆之间竟然隔着十年的时间，用文字进行了交流，而她当时正在写——现在已经出版的书，就变成了能够穿越时空的奇妙载体。

我知道费帆当年失踪的真正原因——因为我的失约，她对我太失望，毅然选择了诀别。

然而，那时的她和现在的我又怎么能想象得到，那个失约的人跟自己根本就不在同一个时空中呢？

我看着网页上她的旧照片，拍得有些模糊，但仍然能看出她娟秀的五官、高挑的身材。她是个不逊色于方菲的美女，更重要的是，通过那些纸条的交流和倾诉，我比任何人都更加理解和欣赏她。

不知不觉中，我的情感已被她所深深吸引，然而最终，我竟成了压垮她的最后一根稻草。

我从阅览室偷走了那本《痛哭，或诀别》。

我至今仍不清楚它是怎样发挥了神奇的力量，为远隔十年岁月的我和费帆架起了一座沟通的桥梁，但我还是经常在纸条上写上几句话，再把它们夹入书中。

我盼望有一天，这本书能再次带着我的纸条回到费帆的眼前，告诉她：你好，我叫杨超。我很喜欢你，所以无论怎样艰难，都请你勇敢地面对，而我将在十年后的 F 大等着你。

每个周六的下午，我都带着它去咖啡屋消磨时间。我会边喝咖啡，边在纸条上写：今天是二零一四年的某月某日，我仍在约好的地方等你。这一次，你会来吗？

又是周六，我途经步行街上的书店时，忽然注意到橱窗里展示着一本新书，作者署名竟是"费帆"。我唯恐看错，急忙冲进书店，翻开扉页看到了作者的照片。

是她！真的是她！

而那本书的标题就是——《等待》。

我的心脏几乎要跳出胸腔。匆匆付款买下一本，然后飞快地冲进咖啡屋。

门铃轻响，正对着门的那张桌旁，安然端坐着一名胸口别着白兰花的秀美女子。看见怀抱两本书、望着她直喘粗气的我，她调皮地指指衣领上的花："你似乎忘记了什么吧？杨超。"

那一刻，幸福的泪水早已夺眶而出。

★ 改造浪漫

1 梦

在做一个很可怕的梦，我被一个叫骆宇的男人约去城中最高级的西餐馆吃饭。

细亚麻的桌布、镀银的餐具、82年的红酒，再配上他无懈可击的装束和礼仪，这家伙一如既往地追求所谓完美的极致。

气氛隆重得让我感到有些不妙，我宁愿他带我去的是烟熏火燎的街边小摊。

主菜还没有上，我已经开始绞尽脑汁地思索我和他认识的全过程，但是直到这顿饭结束，我仍然连半点头绪都没有。而骆宇已经在甜品上来前的空隙里，很优雅地用餐巾沾了沾嘴唇，然后含笑望着我。

"我有礼物要送给你。"

果然来了。

我呆呆地望着他，心里很为自己还没有找到正确的答案而恐慌，而他却把这表情误认成了期待。

他用送圣诞礼物给孩子的得意表情，取出一个包装精美的小盒子，我只有接过来，然后打开。

是一条精美的项链。

虽然我对珠宝毫无认识，但还是凭女人天生的直觉喜欢上了它，于是把这种喜欢放大了十倍，做出惊喜万分状。

他果然更加得意："喜欢吗？"

"喜欢，但是……"

我犹豫着要不要引火烧身，问出那个愚蠢的问题，但骆宇已经先我一步开了口："还记得今天是什么日子吗？"

上帝才会记得！

一年有三百六十五天，其中大大小小的节日，中国的、西方的，少说也有几十个，早已叫我眼花缭乱，更何况还有生日和数不清的纪念日。

可面前的这一个，却偏偏是这个世界上最浪漫和记忆力最好的男人，时不时地会捧出类似的惊喜来考验我的智商。

我小心翼翼地开口："……相遇周年？"

他摇头。

"相恋周年？"

看，在他的训练下，我已经懂得分辨相遇和相恋之间是有着极微妙的不同的，可他还是摇头。

他摇头摇得我对自己的记性越来越没有信心。

"嗯……第一次接吻？"

这次的摇头还伴随着一声失望的叹息。

"……"我承认我是个粗线条的女人，远远够不上浪漫的标准，我立即弃械投降承认自己的失败，"是什么日子？"

"庆祝你第一次接受我的邀约一周年纪念！"他兴高采烈地举起酒杯。

"……"

我目瞪口呆，用完全是一个傻瓜才会有的愚蠢表情望着他，心中情不自禁地预想到了我们的将来。

我们将会是一对最奇怪的夫妻，我在地面，而他在云端——难以想象，骆宇先生会抛弃他这种曲高和寡的浪漫和考究，投身于琐碎而又平凡的家庭生活，把自己打造成正常的居家男人。

至于我，我得承认，虽然我很爱他，但更适合我这个庸俗女人的，却正是那种平实的男子。

虽然相爱，但看来我们根本就不适合走入婚姻的殿堂。

我在梦中长叹了一口气，感到十分遗憾和十二分的苦恼，而就在这时，最荒诞的事情发生了——

骆宇不理侍者的目光，很不雅地甩开了餐巾，身体前倾，越过大半个桌子，然后用手捏了捏我的脸颊，亲昵地开口："懒猪？"

2 现　实

我彻彻底底地被吓醒了。

睁开眼，两岁大的儿子正在我身上爬上爬下地玩耍，他老爸则笑眯眯地瞅着我："懒猪，还说陪儿子玩，结果自己却呼呼大睡。"

"工作了一天很累嘛。"我嘟哝道。

他捏捏我的鼻子："起来吃饭，有你最喜欢的咕佬肉。"

"我还想喝排骨汤。"我发挥肉食动物的本性，得寸进尺地要求。

"你还真是动物凶猛啊！放心，早就知道你无肉不欢了。"他连拖带拽地把我从床上拖到餐桌前，一手抱住儿子。

对着一桌子的家常美食，我眉开眼笑地望着孩子他爸，他被我盯得有几分害怕："老婆，你发神经啊？"

我仍然傻笑着盯着他，然后不客气地在他脸上印上一个狼吻："骆宇，我宣布，你是这个世界上最完美的男人。"

他推开想要再得寸进尺给他一个熊抱的我，埋头吃菜："我早就知道了。"

不错，面前这个叫骆宇的男人，三年前是个会让我冒冷汗的家伙，而现在，则是我的老公。

3 改造计划

两年前，我终于死不悔改地嫁给了这个小资男人，那是在失眠了好几夜后才做出的决定。

选择是痛苦的，我知道身为一个庸俗女人，想要和这种浪漫到极致的男人安安稳稳地过一辈子极不容易，但，谁叫我竟然会傻兮兮地喜欢上他呢。

密友 A 说："你要考虑清楚，像你这种粗线条的女人不可能绑住他一辈子，除非你能把自己改造成他那样的精致。问题是，你能做到吗？"

我哑口无言。

密友 B 却立即反驳："错错错！你们这种思路根本就是错误的，为什么你要改变？要改造，也先去改造男人。当然了……"

她又很同情地看看正两眼放光的我："根据以往的经验，改造成功的几率基本上等于零。男人这种动物，是不会为了女人而做任何改变的，除非是他自己愿意。"

不管怎么说，我还是不知死活地决定尝试一次伟大的改造计划，把飘在云端的骆宇先生拖回地面，让他体会生活的真谛。

开始几个月，我们的新居基本没有开过火，我们像恋爱时那样，仍然在大小餐厅中解决三餐问题。

终于有一天，他看着信用卡账单上的数字，大惊失色地跑来找我商量。几番谈判过后，为了解决入不敷出的问题，他勉强同意启用家里的厨房。

我兴高采烈地打算大显身手。第一餐饭菜端上桌，骆宇只看看外观就大皱眉头，然后很不情愿地动了动筷子，把每样东西都尝了一遍后放下碗，很严肃地对我说："米饭烧得最好，因为它刚好熟了。"

受到这样的打击，我只好奋发图强：抽出时间上烹饪班，向身边所有的主妇们请教，买书、VCD 教学带，看电视上的烹饪节目……

然而，我的厨艺仍然停留在新婚时的水平。终于有一天，骆宇不愿意让他那装惯了美食的胃继续受我的折磨，决定自己动手。

讲究吃的人，学起烹饪来果然比我有天分，而被众人吹捧得飘飘然的骆宇从此爱上了烧菜这门艺术，一手包办了我们这三口之家的三餐饮食。

接着他开始嫌我擦地板时太马虎，做家务时老闯祸，决意要做个榜样给我看，便接手了大部分家务。

两年之间，这个男人终于变成了我心目中的理想男人，再不提那些谁也记不清的特殊日子。

4 平淡见幸福

我为自己奸计得逞而狡黠地看着他，同时决定考察一下他改造的成果。

"还记得今天是什么日子吗？"

他看我一眼，把儿子递给我，开始收拾起桌上的碗碟："冰箱里有你爱吃的荔枝，自己去拿来吃。"

我笑了。

虽然不再如恋爱时常有浪漫的惊喜，然而，我们毕竟只是平常夫妻，想要的只是简单的幸福，何必用那些过于浪漫的花招把自己弄得很累？

我安置好儿子，钻进厨房，把一颗剥了壳的荔枝塞进他嘴里，然后从后面环住他的腰，把脸贴在他的背上，感受他给予我的舒适和安全的气息。

他含糊地开口："我在洗碗。"

"骆宇，我爱你。"我很动情地说。

"……"他沉吟了一下开口，"如果你能帮我接住荔枝的核并扔进垃圾桶，再松一点搂我的腰，让我可以更顺畅地呼吸，我想我会更爱你。"

我哈哈大笑着松开他，把手伸到前面接住他吐出的荔枝核，而他趁机转头在我脸上轻吻了一下，这才继续洗他的碗。

每对夫妻的幸福，都会有不同的表现方式。我坚信适合我和骆宇的，不是浪漫，不是奢华，而是这平淡如水中所寄予的深情。

这样的我们，又有什么理由，不能执手偕老呢？

★ 我们都有颗蠢蠢欲动的心

1 婚姻，无关爱情

杨浩打电话过来的时候，李云欣正窝在被子里刷朋友圈。

她熟练地点着每个朋友发来的消息，顺手把错过的聊天记录翻回去浏览一遍，看到搞笑的对话忍不住想捶床大笑，对于杨浩的絮絮叨叨则是左耳进右耳出，不时"嗯"个两声证明自己还在听。

别人的恋爱是怎么谈的，李云欣不知道，至于她和杨浩，完全就是两个大龄青年在双方父母的压力下凑合到一起的典范——相亲网站认识，聊几句就约出来见面，彼此感觉还不算太讨厌，于是就这么不咸不淡地交往了下去。

一周见一次面，再多她就会觉得烦。每晚一个电话，五分钟之内不结束她也觉得烦。早就习惯了一个人生活，每天安排满满的固定日程，现在忽然横插进一个旁人，不时打乱她的计划，让她这个按部就班的处女座女生格外不开心。

五分钟快到的时候，杨浩忽然说："周末跟几个玩得比较好的网友一起吃饭，你也来吧？他们都想见见你。"

李云欣不太乐意，但作为连家长都已见过的男女朋友，他的这个要求无可厚非，出于道义，她似乎有必须答应的义务。

略一犹豫，她答应了下来。不就吃顿饭嘛，多大的事？多几个人在场，还免了每次单独跟他出去时听他絮叨的烦恼。

凑合着过，那就只能装聋扮哑。

如果不是为了让父母省心，她根本不会如此委屈自己。但既然已有了牺牲的觉悟，分内的事该做还是得做。

2 旁观者看戏，有心人看你

最后一男一女姗姗来迟，杨浩有些坐立不安，时不时地起身向门口张望。李云欣就当看不见，有一搭没一搭地跟其他人聊着天。

似乎是怕她起疑，杨浩坐回她身边时，悄悄对着她耳语："这两人，我一直想撮合他们。他们却嫌我多管闲事，说如果能来电，他们老早就在一起了。"

李云欣淡淡地回了句"本来就是"，便加入了别人的话题。说到底，这些人其实跟她一点儿关系都没有，不过是他的网友而已，一顿饭的交情，她才懒得管那么多。

"对不起，路上塞车。"浑厚的男中音忽然在身边响起，普通话说得字正腔圆，带着点好听的沙哑和话剧演员似的尾音。

李云欣愕然抬头，在与对方视线相交的刹那，两个人都有些不知所措。她做梦也没有想到，杨浩的网友之中，竟然有自己近两年没有联系过的人。

赵远，几年前他们在一个话剧爱好者群里认识。群里组织话剧排练时，他就曾因这独特的声音而被选中为男主角，所以她一下子便听了出来。

那时大家都是单身，隔三差五就一大帮子人一起出去踏青、K 歌、吃饭、排练，混得比谁都熟。但毕竟只是网友而已，渐渐地，一起活动的人数开始减少，在群里说话的也越来越少，最后，她不再关注那个群的信息。

杨浩却没有注意到他们俩的异样，只忙着招呼和赵远一起来的姑娘坐下，然后就张罗着点菜，每道菜都先问过那姑娘的意见。

有猫腻！

李云欣第一时间就嗅出了问题，但她只是心平气和地冷眼旁观，连一丝一毫的嫉妒感觉都没有。

呵呵，既然没有爱，又哪来的嫉妒和恨呢？李云欣喝一口柠檬水，饶有兴趣地把自己切换到了看戏模式，却不妨对上了赵远探究的眼神。

她的心神轻轻一荡，不动声色地移开了视线。

3 低谷里的最后一根稻草

李云欣比赵远大五岁。当年，这是他们没有成为情侣的重要原因。

五岁的距离不仅表现在年龄上。她比他早参加工作五年，当他还只是一个忙得团团转的小美编时，她已是某家杂志社的执行主编，迎来送往的都是有名望的人物，手下管理着十几个如他这般的文编、美编。

一开始，他们并不了解彼此间的差距，只是因为有太多的共同话题而越走越近。他们心有灵犀，连群里人都忍不住时常跳出来开玩笑。

李云欣有些意动，她不介意他比自己小五岁，甚至也不介意他不到自己一半的薪水。她唯一担心的，是他无法接受这种姐弟恋的模式。

当群里人再次拿他们开玩笑时，她故意抛出了这个话题，表示自己跟他没有可能。其他人都纷纷打出"只要有真爱，年龄不是问题"这样的话来鼓动他们，但赵远却沉默了很久。

那么久，以致李云欣的心也慢慢凉透。从那以后，她不再频繁现身，逐渐断绝了与那个群的联系。

身边的人都劝她，年过三十了，别再追求那些不切实际的梦想。世界上哪儿还有真爱，只要有个靠谱的男人，肯把工资卡交给你，照顾你一辈子，那也就行了。

父母更是连哭带闹，险些要跟她断绝关系。最后被逼无奈，李云欣走上了网络相亲的不归路。经历过若干个不靠谱的奇葩之后，总算杨浩还凑合。

最重要的是，那时候杂志社改制，李云欣一夜间失去了工作。以她的年纪，加上还没有结婚，高不成低不就，她索性不再找工作，而是坐在家里当起了自由撰稿人。

这种不稳定的工作状况，让许多男人打了退堂鼓，只有杨浩云淡风轻地说："在家工作也好，以后能照顾孩子。赚不到钱也不要紧，反正我能养活你。"

不嫌弃她年纪大、没工作，心甘情愿地想娶她回家，在所有人看来，杨浩是李云欣所能找到的最佳归宿。

她本来也这样默认了，结果，一次网友小聚，却聚出了各种事端。

4 未曾远离的过去

那天一起吃饭的姑娘叫王芬，穿着入时，细白的肌肤配上淡蓝色眼影，乍看上去有点像某个明星。散席后，杨浩主动开车送她回家，李云欣陪着她坐在后座。

王芬很健谈，得知李云欣平时也喜欢品茶、赏花，立即用手机加了她的 QQ，说以后找她小聚。

李云欣却没有多大兴趣。她平时宅在家里的时间比较多，就算要玩，也是找自己的那些闺蜜，哪里还有时间应酬杨浩的朋友？

虽然把 QQ 号报给了对方，并答应一回去就加上她，但直到第二天上线，李云欣才通过了好友申请，并且，始终隐身。

杨浩立即就大惊小怪地打来电话，问她有没有加王芬为好友，让她查清楚是不是加错了人……

李云欣觉得他比平时更烦人，何况，还是为了另一个女人。平时，她可以做到视而不见、不气不妒，但若他偏帮着那女人蹬鼻子上脸，来寻自己的错处，那她也不是忍气吞声的主。

她冷淡地说已经加上了，不过自己习惯隐身。杨浩顿了顿，支支吾吾地暗示她应该主动跟王芬说几句话，免得人家以为她故意不加自己。

总而言之，他怕王芬有什么误会，产生负面的想法。

李云欣在心里冷笑，他怎么就不担心自己产生什么负面的想法？把杨浩敷衍着打发过去，她正寻思要不要向赵远打听一下，那边 QQ 小窗一闪，他的信息竟已经来了。

自然要先寒暄几句，随后话题一转，他小心翼翼地问："你跟杨浩……认识多久了？"

没有跟你认识的时间久，她幽幽地想，敲出来的字却云淡风轻："没多久。"

他沉默了良久，似乎不知该如何开口，于是李云欣善解人意地问起了杨浩和王芬的关系。

赵远说得很隐晦，但她还是很快就弄清楚了整件事。

杨浩确实疯狂地追求过王芬，但那时他还没当上经理，夸夸其谈的毛病比现在严重十倍，王芬压根就看不上他。

被拒绝的杨浩自尊心严重受损，奋发图强两年多，终于爬上了月薪过万的位置，这才重新在群里出现，炫耀他的新工作、新女友，于是群里人才顺理成章地起哄要见见所谓的"大嫂"。

这是李云欣早已预料到的事情。他不爱她，这无所谓，因为她其实也从未爱过他——两个人只是各取所需地凑在了一起，他需要炫耀的资本，她需要安稳的生活。

赵远问："你不介意？"

她苦笑着打下一行字："爱，才会介意。"停顿良久，她又加上一句，"况且，我现在并没有介意的资格。"

5 伤心不如伤身

答应与赵远见面的时候，李云欣已经做好了会发生点什么的心理准备。毕竟，他才是她真正喜欢过的男人。

果然，咖啡喝到一半，赵远就握住了她故意放在桌上的手："如果你一点都不喜欢他，又何必勉强在一起？他的心不在你身上，就算现在不出轨，那也是早晚的事。"

她笑笑："他玩他的，我玩我的，婚姻，不过是让老人安心罢了。现在我可是个无业游民，除了他，还有谁肯娶我？"

赵远看着她，思索良久，才慢慢开口："其实以前，我想过跟你在一起……可是那时，你却一口咬定我们并不合适。

不错，我的确配不上你，光是买你常用的兰蔻面霜，就能花掉我三分之一的薪水。就算现在，我也远远算不上成功，至少跟杨浩比起来，差得太多。

我月薪只有五千多，扣了房租水电保险这些只剩三千出头。我供不起你过以前的那种生活，可是，如果你不介意我比你小，不介意跟我一起挨穷，我可以娶你。至少，我是真的喜欢你！"

他说着，她脑海中已经浮现出将来的情景。三千块，要养活两个人，生活上的各种窘迫可想而知。如果是杨浩，她想都不用想就会一脚蹬掉他。只因为提出这个邀请的是赵远，她才犹豫到现在。

未来如此不确定，李云欣心中一片茫然。可是，就算跟了杨浩，未来就十拿九稳了吗？她想起那个名叫王芬的姑娘，想起杨浩盯着她看的眼神，忽然间豁然开朗。

要么挨穷伤身，要么出轨伤心，反正同样是不稳定，伤心不如伤身，她应该对自己好一点。

李云欣不动声色地抽出被赵远握住的手，拨通了杨浩的电话："有时间见个面吗？我要跟你分手。"

放下手机，她望向赵远："我做出了决定，现在，看你的了。"

作为回答，他欣喜地握住了她的双手。

这双手，是否能陪伴她一生一世，李云欣不知道，但却很期待。